Daniel Wehlmann · Weit weg von nah dran

AF239206

Daniel Wehlmann

Weit weg von nah dran

Roman

© 2005 Daniel Wehlmann
Satz und Layout: Buch&media GmbH, München
Umschlaggestaltung: Kay Fretwurst, Spreeau
Herstellung und Verlag: Books on Demand GmbH, Norderstedt
Printed in Germany
ISBN 3-8334-3452-X

Inhalt

Abreise

Es geschah an einem Samstagmorgen, als niemand damit rechnete, dass zwei Menschen aufbrechen würden, um dem Alltag zu entfliehen. Niemand hätte vermutet, dass zwei Freunde um die Mitte zwanzig den Mut dazu haben könnten aufzubrechen, um ihrer Vergangenheit zu entfliehen. Vielleicht war alles geplant gewesen, aber auf jeden Fall sah es völlig spontan aus, und als sie weg waren, wirkte es, als ob diese Leute niemals existiert hätten.

Jane nannte ihren besten Freund Wühler. Er hatte sich als »Lebenshilfeberater« in Weimar selbstständig gemacht hat und half anderen Leuten dabei, ihre Krisen zu bewältigen. Zu diesem Zeitpunkt machte er das schon seit zwei Jahren und hatte bereits ein philosophisches Buch veröffentlicht.

»Weisheit oder Wahnsinn« war ein voller Erfolg geworden, womit niemand gerechnet hatte, weil Wühler als verwirrter und verquerer Geist galt, der seinen eigenen Weg im Dunkeln suchte. Er bekam Auszeichnungen, gab Interviews und wurde mit gleich drei Ehrendoktortiteln bedacht. Das gab ihm die nötige Bestätigung, dass seine Denkweise doch nicht so verkehrt war, wie er anfangs gedacht hatte.

Er konnte sich alles leisten, auch den nagelneuen Mercedes, den er unter fremden Namen gekauft und versichert hatte, damit niemand auf die Idee kommen würde, ihn und Jane polizeilich suchen zu lassen. Berühmt zu sein hat den Nachteil, dass man überall erkannt und darauf angesprochen wird, was Wühler irgendwie störte. Es gab zu viele Fanatiker, die penetrant und aufgeregt von ihm redeten, obwohl er anwesend war. Sie benahmen sich wie nach der Wahrheit Suchende, die überzeugt waren, dass nur Wühler die Antwort auf die vielen Fragen, die das Leben stellt, wissen würde. Dabei wollte er einfach nur beweisen, dass auch der Mensch konditionierbare Reflexe wie ein Hund hat, dass man ihm etwas sagt und er berechenbar darauf reagiert. Es hat ihm damals viel Spaß gemacht, die Leute an der Nase herumzuführen, doch in letzter Zeit war es ihm zur Qual geworden, sodass er eine Auszeit wie diese unbedingt benötigte. Wühler lebte lieber bescheiden als guter Freund und Mensch an der Seite von Jane, die ihm immer die Kraft gegeben hat weiterzumachen. Sie sagte eines Tages zu ihm: »Wenn du dir Erfolg durch deine Taten erhoffst, dann darfst du niemals aufgeben. Ich werde dich in allem, was du tust, unterstützen.«

Das gab ihm den nötigen Mut, den er allein niemals aufgebracht hätte. Sein Beziehungen zu anderen Menschen waren so katastrophal gewesen, dass er überhaupt kein Selbstbewusstsein aufbauen hatte können, weswegen er sich oft in depressiver Verstimmung wochenlang in seiner damaligen Wohnung eingesperrt hatte und bereit gewesen war, alles aufzugeben, nur damit er ein glückliches Leben führen konnte. Oft dachte er darüber nach, mit einer Tüte über dem Kopf einzuschlafen, damit die ganze Suche ein Ende haben würde. Zum Glück brachte sein Erfolg die nötige Ablenkung und er konnte dem Leben wieder »Hallo« sagen. Alles, was Wühler tat, machte er mit einer solchen Hingabe, dass es unnötig war, sie überhaupt zu hinterfragen.

Sein Wille war so stark, dass er sich eines Tages vom Sofa aufrappelte und beschloss, in einem halben Jahr einen Marathon zu laufen, obwohl er vorher schon Probleme hatte, zum nächsten Zigarettenautomaten zu gehen, ohne zu keuchen. Außenstehenden kam es immer vor, als ob er für alles, was er unternahm, einen riesigen Plan hatte, den Philosophen als »erzwungenen Zufall« bezeichnen.

An dem Tag, als ihm bewusst wurde, dass er das nicht mehr nötig hatte, beschloss er spontan alles zu erleben, was er sich schon immer gewünscht hatte. Er wollte die Orte besuchen, von denen er in Romanen gelesen hatte. Er wollte sich selbst einen Eindruck davon verschaffen, er wollte etwas völlig Neues fühlen können. Jane war nur mitgekommen, weil er sie als seine Buchhalterin und Managerin eingestellt hat. Bei ihrer früheren Arbeit war sie nie so weit vorangekommen, um sagen zu können, dass sie zufrieden sei. Wühlers Erfolg bot auch ihr die Möglichkeit, sich über Geld und Karriere keine Sorgen mehr machen zu müssen. Ihre einzige Aufgabe bestand darin, die Hälfte von Wühlers Einnahmen an karikative Einrichtungen zu spenden, Termine einzuhalten und die Finanzen zu verwalten. Wühler hatte es so geregelt, dass noch genügend Platz für die Freundschaft übrig blieb, dass sie sich nicht als seine Sklavin fühlen musste, sondern es genoss, für ihn zu arbeiten. Am liebsten sahen sie sich auf den Fotos, auf denen sie wieder einmal einen Scheck an hilfsbedürftige Institutionen übergaben, um Kindern zu helfen, die freudestrahlend im Hintergrund standen und sich später dafür bedankten.

Wühler war überzeugt davon, dass Reichtum ab einem gewissen Punkt den Charakter verdarb, doch als er sich den Mercedes kaufte, erfüllte er sich einen Traum aus der Kindheit. Das neueste Modell des Mercedes E320T CDI verfügte über alle Extras, die man sich wünschen konnte: einen außerordentlich großen Stauraum, in dem Wühler eine Matratze aus Leder einbauen ließ, um für die Reise eine Schlafmöglichkeit zu haben, wenn sich kein Hotel finden ließ. Damit es nicht zu kalt werden würde, ließ er zusätzlich eine Standheizung einbauen und tönte die Scheiben schwarz, um ungebetenen Gästen die Sicht zu versperren. Ein kleiner Kühlschrank sorgte dafür, dass Speisen und Getränke auch während der Fahrt kalt blieben. So lässt es sich leben, dachte Wühler.

Nachdem alles abgewickelt war, fuhr er sofort zu Jane, um ihr sein Erfolgserlebnis mitzuteilen. Er klingelte an der Haustür und sagte, sie solle herunterkommen. Jane sah das Auto sofort, das sich neben den gewöhnlichen Fahrzeugen auf dem Parkplatz nagelneu und prunkvoll präsentierte.

Sie begann sofort hysterisch zu werden.

»Was ist das für ein Auto? Ich hoffe doch, dass du das nicht gekauft hast, ohne mir Bescheid zu sagen.«

»Ja, das ist mein Auto. Es wurde für einen einzigen Zweck gekauft, aber lass uns doch erst einmal reingehen. Ich erklär es dir bei einem Kaffee. Ich hoffe, du hast welchen aufgesetzt.«

Sie gingen ins Haus und setzten ihre angeregte Diskussion fort. Jane erhoffte sich eine plausible Antwort auf ihre Fragen.

»Warum hast du dir dieses Auto gekauft?«

»Ich wollte dir eine Freude machen«, entgegnete Wühler, »und dir sagen, dass wir damit verreisen werden.«

»Wohin, wenn ich fragen darf?«

»Wohin du willst, aber wir werden auf jeden Fall quer durch Europa reisen, am besten im Kreis. Warst du schon einmal so weit weg, dass du schon wieder nah dran warst? Kannst du dich daran erinnern, dass ich schon einmal davon gesprochen habe, als wir noch kein Geld hatten? Nun möchte ich es machen und würde dich gern spontan mitnehmen, weil du meine beste Freundin bist.«

»Ich wusste schon immer, dass du eine Meise hast. Ich würde gern mitkommen, aber wir können hier nicht alles stehen und liegen lassen. Wie hast du dir das gedacht?«

»Wir träumen oft von Dingen, die wir im Leben nie machen werden, doch damit muss auch einmal Schluss sein. Du weißt, ich wollte schon immer weg aus dieser öden Gegend und von diesen verblödeten Ja-und-Amen-Leuten. Nun können wir endlich mal an uns denken. Lass uns wenigstens für die Reise einen gesunden Egoismus erzeugen. Ich bin durch den ganzen Rummel um mich nicht mehr ich selbst und muss unbedingt mal raus, ohne dass jemand etwas davon weiß.«

Jane schaute Wühler an wie ein Fragezeichen.

»Ich muss Vorbereitungen treffen«, sagte sie. »Koffer packen, Termine absagen, die ich für dich getroffen habe, wenigstens meinen Eltern Bescheid sagen. Sie würden sich riesige Sorgen machen, wenn ich von heute auf morgen verschwinde. Die würden sonst was denken.«

»Immer mit der Ruhe. Deinen Eltern kannst du Bescheid sagen, aber sonst keiner Menschenseele, sonst haben wir die Reporter im Nacken, und das will ich nicht. Wir fahren anschließend bei meinen Eltern vorbei, um denen mein Vorhaben zu erklären, und dann sagen wir Adieu zu allem, was uns bekannt ist.«

Jane wurde misstrauisch.

»Hast du etwa schon alles geplant? Ich kann mir nicht vorstellen, ohne Vorbereitungen von hier wegzufahren. Meinst du, du kannst das durchhalten? Wir müssten abwechselnd fahren, um so weit zu kommen.«

»So habe ich mir das auch vorgestellt. Wir fahren in erster Linie in Großstädte. Ich habe mir alles genauestens überlegt und will nun unbedingt die Welt sehen, die uns schon so lange vorenthalten wurde.«

»Aber du warst doch schon oft im Urlaub.«

»Das ist aber nicht dasselbe. Ich möchte, dass sich jeder, der uns nicht kennt, Sorgen macht und darüber spekuliert, warum wir nicht mehr da sind. Wir müssten wir es sofort machen, bevor jeder weiß, was ich für ein Auto fahre. Los, pack die Koffer, wir fahren bei deinen Eltern vorbei und benachrichtigen sie. Dann fahren wir zu meinen nach Frankfurt, dann können wir immer noch entscheiden, ob wir das durchziehen wollen. Bist du dabei?«

»Na gut, also los.«

Jane packte die Koffer. Ihr Talent dabei war, so viel hineinzustopfen, dass man nach dem Auspacken nicht mehr alles hineinbekam. Wühler, der im gleichen Haus wohnte, füllte seine Reisetasche. Zwei Paar Schuhe, drei Hosen, Unterwäsche für eine Woche, einen Anzug, der separat in Folie eingepackt war, und seinen Laptop, ohne den er nie aus dem Haus ging. Jane packte dreimal so viel wie er ein – schließlich war sie eine Frau, die sich an einem Ort nur wohl fühlte, wenn sie wusste, dass sie gut aussah. Allein die Kosmetiktasche war zur Hälfte mit Sachen gefüllt, die sie nie benutzte. Doch es war besser, zu viel als zu wenig dabeizuhaben.

Insgeheim freute sie sich herauszukommen, etwas anderes zu erleben. Schließlich arbeitete sie schon seit zwei Jahren an Wühlers Seite, ohne sich wirklich entspannen zu können. Sie war ein wenig neidisch, dass sie im Schatten eines Freundes stehen musste, doch wenn sie ihm in die Augen schaute, war alles wieder vergessen. Sie wusste, wie schwer er für seinen Erfolg gearbeitet hatte und dass er ständig allein gewesen war, nur um etwas zu schaffen, woran sich die Nachwelt noch erinnern würde. Er hatte sogar seine alten Freunde dafür aufgegeben, um auf eigenen Pfaden erfolgreich zu sein. Sie hielt ihn für großartig, obwohl er sich früher oft an ihrer Schulter ausgeweint hatte. Zwischen ihnen bestand eine besondere Freundschaft. Sie hatten noch nie etwas miteinander gehabt, und jeder Freund von Jane akzeptierte, dass er gehen musste, wenn er etwas gegen Wühler hatte. Zum Glück war das nie der Fall gewesen – alle verstanden sich immer prima mit ihm. Jane und Wühler brauchten sich gegenseitig und waren ohne den anderen hilflos. Wühler betonte in jedem Interview, dass er es ohne Janes Hilfe nie geschafft hätte ein erfolgreicher Philosoph zu sein.

Zwischen ihnen bestand ein besonderes Band, welches nie zerreißen würde. Beide waren stolz darauf, sich gefunden zu haben, ohne jemals im Bett gelandet zu sein.

Jane war auffallend gut aussehend – und tat auch einiges dafür. Sie besuchte ständig das Solarium, den Frisör und das Nagelstudio, weil es ihr Selbstwertgefühl aufbesserte. Regelmäßig besuchte sie das Fitnessstudio, um cellulitefreie Beine und straffe Brüste zu haben. Ihre schwarz gefärbten Haare sahen nie fettig oder zerzaust aus. Sie ging nie ungeschminkt aus dem Haus, selbst nicht um den Müll herunterzutragen. Die Sachen, die sie anhatte, waren teuer und elegant. Ihre Rundungen, von denen sie nicht zu viele und nicht zu wenige hatte, wurden dadurch besser betont. Wenn Jane sich zu dick fühlte, aß sie meist tagelang nichts und bekam ständig Kreislaufprobleme. Dennoch sah sie immer so aus wie eine Frau, die direkt einer Männerzeitschrift entsprungen war. Im Grunde genommen war sie selbst schuld an ihrem Dilemma, dass ihr alle hinterherschauten und sich wie Affen benahmen, nur um ihre Aufmerksamkeit zu erregen. Wühler war der Einzige, der neben ihrem Aussehen auch ihren liebenswerten Charakter schätzte.

Früher hatte er keine Küche gehabt und war öfters zu ihr gefahren, um dort Abendbrot zu essen, das sie ihm immer gern gekocht hatte. Nach dem Essen hatte Wühler abgespült, um seinen Beitrag zu leisten, und danach hatten sie oft zusammen Wein getrunken und ferngesehen.

Beide waren von ihrer ersten großen Liebe enttäuscht worden. Jane war gut damit zurechtgekommen, weil sie schnell wieder den Anschluss ans echte Leben gefunden hatte. Wühler hingegen hatte bei der Trennung noch sehr viel für seine Ex-Freundin empfunden und ihren Verlust deshalb nicht so leicht verkraftet. Vier Jahre hatte er mit ihr und ihren Eltern unter einem Dach gewohnt, dann hatten sie sich einmal so sehr gestritten, dass sich ihre Eltern geweigert hatten, jemals wieder einen Kerl über ihre Schwelle zu lassen. So zerbrach die jahrelange Beziehung innerhalb von drei Wochen. Sie schliefen noch einmal miteinander, doch der Schmerz ließ es nicht zu, dass sie Glück dabei empfanden, worauf sie sich endgültig trennten. Danach war Wühler lange auf der Suche nach einer würdigen Frau. Ein Jahr verging, bis er zu der Überzeugung kam, dass eine wie die andere sei. Er hörte auf zu suchen.

Jane war für ihn schon immer ein Neutrum gewesen. Ihre erste große Liebe war einer von Wühlers besten Freunden gewesen. Sie hatten sich von Anfang an sympathisch gefunden und beschlossen – ohne es auszusprechen – Freunde zu werden. Die Jahre gingen ins Land, Partner kamen und gingen, doch ihre Freundschaft hatte Bestand, sodass man glauben konnte, dass die beiden sich niemals trennen würden, solange sie lebten.

Wühler trank noch zwei Tassen starken Kaffee und wartete darauf, dass Jane endlich fertig war. Er verstaute alles im Auto, und somit begann die Reise ins Unbekannte. Die einzige Gewissheit war, dass sie an einen Punkt gelangen würden, an dem sie weit weg von nah dran sein würden und dass es dort etwas zu sehen geben würde.

Er half Jane beim Tragen der zwei Koffer. Seine Reisetasche verstaute er sorgfältig dort, wo sie nicht stören würde, die Koffer gleich daneben.

Janes Eltern boten ihnen einen herzlichen Empfang. Die Mutter kannte Wühler nur vom Hörensagen und war überrascht, ihn endlich einmal persönlich kennen zu lernen. Sie bat die beiden herein, und Jane erzählte ihrer Mutter in der Küche von ihrem Vorhaben, während Wühler sich mit dem Vater im Wohnzimmer unterhielt. Er war ein netter schlanker Mann mit Schnurrbart und besaß in Weimar eine Werkstatt. Erst blickten sie sich zaghaft an, weil jeder wusste, wer ihm gegenüber saß.

»Also, du bist der beste Freund meiner Tochter?«

»Ja. Und wir haben vor, ab heute für unbestimmte Zeit zu verreisen. Deshalb sind wir hier«

»Wohin wollt ihr?«

»Das kann ich noch nicht sagen. Aber wir wollen auf jeden Fall durch Europas Hauptstädte fahren. Ihre Tochter ist bei mir gut aufgehoben, wenn sie darauf hinauswollen.«

»Ach, wo leben wir denn? Ich weiß, dass meine Tochter gut selbst auf sich aufpassen kann, außerdem habe ich nur Positives von dir gehört.«

Wühler blickte sein Gegenüber verlegen an.

»Wir werden auf jeden Fall zurückkommen. Wie Ihnen sicherlich aufgefallen ist, gibt es um meine Person einen ziemlichen Medienrummel, und ich möchte einfach mal wieder ein Mensch sein, der in der Masse untergeht.«

»Ich habe mich schon gefragt, wir ihr Stars damit zurechtkommt. Anscheinend hat alles seine Vor- und Nachteile. Übrigens darfst du mich duzen. So alt bin ich auch wieder nicht.«

»Ich habe immer großen Respekt vor älteren Menschen, deswegen warte ich immer auf dieses Angebot, zumal wir uns noch nie begegnet sind, weil unsere Interessen in völlig verschiedene Richtungen gehen.«

»Jetzt kennen wir uns beide ja. Außerdem habe ich einen riesigen Vorsprung, weil ich dein Buch gelesen habe und mich durch die Erzählungen meiner Tochter beeinflussen lassen habe. Es ist übrigens ein großartiges Werk und hoffe, noch mehr von dir zu hören, aber das haben dir bestimmt schon viele gesagt. Möchtest du eine Zigarre?«

»Ich weiß nicht, wann wir losfahren wollen.«

»Für eine Zigarre ist immer Zeit. Ich wundere mich, dass du so jung und natürlich bist.«

Er nahm zwei Zigarren aus einer Holzschatulle, die auf dem Kamin neben Familienfotos und Blumenvasen stand, und reichte eine davon Wühler. Genussvoll zogen sie an der Zigarre und nebelten das Wohnzimmer ein.

»Ich wollte mit meinem Buch darauf hinaus, dass wir alle doch nur Menschen sind«, sagte Wühler. »Eigentlich verfolgte ich damit kein bestimmtes Ziel, ich wollte nur an den Punkt gelangen, an dem wir jetzt stehen. Wir helfen Bedürftigen und brauchen uns selbst keine Sorgen mehr um Geld zu machen. Damit wäre ein Problem gelöst, und wir können endlich anfangen zu leben. Was ist denn schöner, als andere Menschen daran teilhaben zu lassen?«

Der Vater lobte Wühler für seine noble Geste gegenüber der Menschheit.

»Ich hoffe, sie geben dir einmal eine Auszeichnung dafür.«

»Ich habe bereits mehr als genug davon«, erwiderte Wühler. »Ein Ehrendoktor hätte mir gereicht, doch sie gaben mir gleich drei. Ich verstehe diesen ganzen Wirbel wegen eines einzigen Buches nicht. Ich dachte immer, Philosophen würden erst Erfolg ernten, wenn sie bereits tot sind. Diesen Boom hätte ich selbst nie erwartet, und nun wird mir das alles zu viel.«

Die beiden Männer beendeten das Gespräch und hörten leise klassische Musik, wofür sich der Vater zu begeistern schien. Von jemandem, der eine Werkstatt leitet, hätte Wühler das nicht erwartet.

Während die Musik ertönte, ging das Gespräch zwischen Jane und ihrer Mutter in der Küche weiter.

»Jane, hast du dir genau überlegt, was du tust? Ich bin deine Mutter und rate dir vorsichtig zu sein.«

Jane gefiel es nicht in Erklärungsnotstand zu sein, doch sie blieb ehrlich.

»Mutter, ich weiß zwar nicht, was Wühler genau vorhat, doch ich vertraue ihm, seitdem ich ihn kenne. Außerdem hat er mich eingeladen.«

»Hast du denn keine Angst, dass dir etwas passieren könnte, was du hinterher vielleicht bereust?«

»Ich weiß ja selbst nicht, was ich machen soll. Du hast mir doch immer gesagt, ich soll so lange es geht mein Leben in vollen Zügen genießen – und das wäre nun eine Gelegenheit dazu.«

»Vielleicht bin ich ein wenig neidisch auf dich und weiß auch nicht, was ich dazu sagen soll. Wenn ich in deinem Alter in der gleichen Situation gewesen wäre, hätte ich auch meine Mutter um Erlaubnis gebeten. Geh ruhig, mein Kind, meinen Segen hast du.«

»Ich hoffe, wir haben Wühler nicht zu lange mit Papa allein gelassen«, meinte Jane besorgt. »Wahrscheinlich fragt er ihn bis ins letzte Detail aus.«

»Los, gesellen wir uns zu ihnen. Wie ich deinen Vater kenne, lässt er ihn nicht gehen, bevor er nicht eine Zigarre mit ihm geraucht hat.«

Als Mutter und Tochter das Wohnzimmer betraten, sahen sie zu ihrer Überraschung, wie zwei Leute den Klängen längst vergangener Epochen lauschten und wie erwartet eine Zigarre im Mund hielten. Sie setzten sich dazu und warteten, bis die Arie zu Ende gespielt war. Es machte sie froh, dass sich die beiden scheinbar so schnell verstanden hatten. Als die Musik verklungen war, fragte die Mutter: »Wann soll es losgehen? Ihr beide sitzt da, als ob ihr den ganzen Abend hier verbringen wollt. Ich dachte, vor so einer Reise sitzen immer alle wie auf heißen Kohlen.«

»Immer mit der Ruhe, Schatz«, entgegnete ihr Mann. »Wer nicht weiß, wie lange eine Reise dauern wird, der kann sich auch am Anfang so viel Zeit nehmen, wie er möchte.«

»Die Kinder sind bestimmt ungeduldig und möchten los, also meinen Segen haben sie.«

»Meinen auch.«

Die Eltern begleiteten die Reisenden noch zum Auto hinaus und wünschten ihnen alles Gute und viel Glück.

»Das ist ein sehr schöner Wagen«, sagte Janes Vater zu Wühler. »Mit dem könnte ich mir auch vorstellen, so weit zu reisen. Er bietet alles, was man sich nur so wünschen kann.«

»Das habe ich mir auch gedacht, als ich ihn gekauft habe. Eine Bitte noch. Erzähl bitte niemandem, wirklich niemandem von unserem Vorhaben. Versprochen?«

»Ja.«

»Versprochen?«

»Ja, wirklich!«

Wühler schaute zur Mutter.

»Versprochen?«

»Was soll das? Ja!«

»Ihr habt es jetzt dreimal versprochen.«

Damit schenkte er ihnen sein Vertrauen und gab ihnen die Hand zum Abschied. Jane umarmte noch einmal ihre Eltern und stieg ins Auto. Die Mutter winkte, bis sie um die Kurve gebogen waren, und hatte Tränen in den Augen, als ob sie ihre Tochter nie wiedersehen würde. Ihr Mann hielt sie in den Armen und versuchte sie zu trösten.

Wühler konnte das Szenario im Rückspiegel noch eine Weile beobachten, dann fragte er Jane: »Und? Wo soll es jetzt hingehen? Auf und davon. Wir sind Helden.«

»Wohin du möchtest«, antwortete Jane und drehte das Radio auf.

Nach einer Reihe immer wiederkehrender Ereignisse waren sie an den Punkt gelangt, an dem die vielen Partys sie aufgeregt hatten. Das Land, die Leute und der Kaffee waren immer wieder dieselben Dinge, die sich in abgeänderter Form zu wiederholen schienen. So hätte es ein Leben lang weitergehen können, wenn die Langeweile es zugelassen hätte.

Getrieben von der Nacht, den schillernden bunten Lichtern, die für Menschen, die noch wach waren, einen symbolischen Wert hatten, gingen Wühler und Jane aus, um Kurzurlaub zu machen. Sie fühlten sich wohl in der Masse der Nachtschwärmer, die natürlichen Farben der Welt wurden unerträglich. Diskotheken, Bars und Tankstellen waren ihr Domizil, Hauptsache das Licht war gedämpft.

Augen, die man nie benutzt, suchen Schutz vor Helligkeit,
Man vergräbt sich in den dunkelsten Orten der Geselligkeit.
Alle sind da, doch ist jeder allein; das Leben ist schrecklich.
Bleibt man zu lange an einem Ort, ist dieses Leben herrlich.

Jane fragte Wühler, wie es eigentlich zustande gekommen war, dass ihr Chef sie einfach so hatte gehen lassen, und er redete ununterbrochen bis Frankfurt von der Geschichte.

Ein paar Jahre zuvor

Wühler fand es unerträglich, immer wieder die gleichen Orte zu besuchen. Jane langweilte sich zu Hause und begleitete Wühler bei jeder Gelegenheit, um so ihrem Arbeitsalltag zu entfliehen. Das Wichtigste, was ein Mensch einem anderen geben kann, ist seine Zeit, und sie war gern mit ihrem besten Freund zusammen.

Irgendwann aber wird auch die schönste Zeit langweilig. Wohnwagenbesitzer nutzen ihre Mobilität, um immer woanders sein zu können. Wühler hatte schon immer das Kompakte gemocht, doch ein Leben im Wohnwagen konnte er sich nicht vorstellen. Das war so, als ob man sein ganzes Haus mit sich schleppen würde.

Eigentlich konnte er seine Heimat nicht einfach so verlassen. Ihm lag sehr am Herzen, andere Menschen durch seine »Lebenshilfeberatung« kennen zu lernen. Er vermittelte diesen Leuten das Gefühl, nicht allein zu sein. Weil der Doktor nun einmal sein bester Patient ist, wusste er, was es heißt, von der Außenwelt abgeschnitten zu sein.

Jane saß seit ihrer Ausbildung am gleichen Arbeitsplatz und hatte sich damit abgefunden, dass das Leben nicht mehr bot. Sie war sogar froh, in einem solchen Umfeld zu arbeiten.

Jeder war ihr freundlich gesinnt und kannte sich richtig gut aus in seinem Metier, doch nichts war ihr schlimmer, als alles immer wiederholen zu müssen. Sie war dennoch eine Frau, die sich bei anderen nie beklagen würde, weil sie Angst hatte, von heute auf morgen abgewiesen zu werden.

Wühler hatte zu dieser Zeit mehr Geld verdient, als er ausgeben konnte, und seine Aufgaben wuchsen ihm über den Kopf. Er arbeitete wie ein Verrückter, um sein Geschäft am Laufen zu halten, bis er eines Tages an Janes Chef herantrat und ihm erklärte, dass er eine zusätzliche Arbeitskraft benötigte und seine beste Freundin die geeignetste Person dafür sei.

Es ist nie schön, gute Arbeiter an andere zu verlieren. Der Chef blickte Wühler misstrauisch an, als dieser in seinem Büro erschien und ihm seine Absichten erklärte.

»Hallo, ich entschuldige mich, dass ich Ihre kostbare Zeit in Anspruch nehme. Ich beabsichtige Ihre Mitarbeiterin Jane in mein Geschäft einzubeziehen.«

Der Chef schaute verwundert.

»Sie kommen zu mir, weil Sie meine Jane abziehen wollen? Was bilden Sie sich ein? Gehen Sie doch zum Arbeitsamt und suchen Sie dort nach qualifizierten Fachkräften für Ihr Unternehmen!«

»Die Situation ist nicht so einfach. Ich benötige eine Person, der ich mein vollstes Vertrauen schenken kann. Jane ist meine beste Freundin. Wenn ich ihr nicht vertrauen könnte, wem dann? Ich habe niemand anderen. Sie ist mein Ein und Alles. Wenn Sie wüssten, was wir zusammen erlebt haben, würden Sie mich verstehen.«

Die Lage entspannte sich, und der Chef ließ sich in seinen Sessel zurückfallen.

»Um was handelt es sich denn bei Ihrem Geschäft?«

Wühler antwortete, als ob er auf diese Frage gewartet hätte.

»Mein Geschäft soll Leuten helfen, die sich in Beruf und sozialen Umfeld isoliert fühlen. Ich übernehme die Funktion eines Psychiaters, ohne dabei Profile zu erstellen. Die Leute, die zu mir kommen, wissen bereits, was ihnen fehlt. Janes Aufgabe wäre es, meine Finanzen zu regeln. Ich arbeite acht Stunden am Tag mit meinen Kunden. Zu Hause kümmere ich mich weitere vier Stunden um die Buchhaltung und das Marketing. Da bleibt wenig für Freizeit übrig.«

Der Chef überlegte noch eine Weile, bis er darauf antwortete.

»Meinen Sie, Ihr Geschäft ist ausbaufähig oder hat auf längere Zeit Bestand? Wissen Sie, wie schwer es ist, gute Mitarbeiter zu finden? Deswegen hab ich auch Jane seit ihrer Ausbildung behalten. Ich verliere ungern gute Mitarbeiter, vor allem, wenn ich nicht weiß, ob sie bei ihrem neuen Arbeitgeber eine Zukunft haben. Wir sind ein sehr erfolgreiches Unternehmen und haben mehr als einhundert gute Mitarbeiter, die nach hohen Auswahlkriterien ausgesucht wurden. Sie haben sicher bereits gehört, dass eine Kette nur so stark ist wie ihr schwächstes Glied. Wir härten Stahl, beliefern große Firmen, die ihre Werkstücke zu uns bringen, um sie verbessern zu lassen. Jane kümmert sich mit ihren Kolleginnen in ihrer Abteilung um die Logistik und Verwaltung. Ohne sie wären wir hilflos und bei weitem nicht so erfolgreich. Ich müsste eine neue Mitarbeiterin finden und einlernen, bevor ich Jane entlassen könnte.«

»Dann hoffe ich, dass Sie einen gleichwertigen Ersatz finden werden. Es ist meine feste Überzeugung, dass ich Jane in mein Unternehmen einbeziehen möchte.«

»Zuerst werden Sie mir einmal erklären, worum es sich bei Ihrem Unternehmen handelt. Wie wäre es mit einem Termin?«

»Wie wäre es gleich jetzt?«

»Ich kann meinen Arbeitsplatz nicht so einfach verlassen. Ich habe Aufgaben, die ich nicht vernachlässigen kann. Sie stellen sich das zu einfach vor. Ich habe auch Vorgesetzte. Wir haben in ganz Deutschland vier Ableger, die sich darum kümmern, Großkunden zu beliefern.«

»Rufen Sie Ihre Vorgesetzten an und sagen Sie, Sie wären bei einem kurzfristigen Brainstorming, das dem Betrieb helfen könnte, seine Leistungen zu optimieren. Kitzelt es Sie denn nicht, auch nur einmal an sich zu denken?«

»Nun ja, warten Sie bitte draußen. Ich bin gleich bei Ihnen.«

»Die erste Regel ist, dass sie mich duzen. Sonst wirkt alles so verkrampft.«

»Okay, wo fahren wir eigentlich hin?«

»Wo Sie sich am wohlsten fühlen.«

Sie fuhren mit Wühlers damaligen VW Passat in eines der angesagten Cafés der Stadt, welches gerade erst geöffnet hatte. Janes Chef war ein sehr netter Mann, der sich dezent und sehr gepflegt auf großem Fuß bewegte. Jeder, der ihn kannte, hatte sofort ein positives Bild von ihm. Er war vielseitig interessiert und permanent beschäftigt. Ein richtiger Workaholic. Überall, wo er ein Geschäft witterte, ließ er seine Ratschläge mit einfließen, um so viele wie möglich an seinem Wissen teilhaben zu lassen. Er war der perfekte Geschäftsmann. Seinen eigenen Mitarbeitern ließ er jedoch zu viel Freiraum, worauf die seine Großzügigkeit manchmal zu sehr ausnutzten. Der Chef lebte gemäß dem Motto »Kleider machen Leute«, und bei vielen Leuten wirkte es auch. Ein Chef einer großen Firma muss Maßanzüge tragen.

Wühler hatte eine sportliche Jacke an, ein schwarzes T-Shirt und eine dunkelblaue Jeans. Als die beiden das Café betraten, sahen sie aus wie Vater und Sohn, die sich zu einer gemütlichen Runde verabredet hatten. Sie bestellten zwei Latte Macciato und sprachen über sich und ihre Lebenssituationen.

»Mein Problem ist es«, begann der Chef, »dass ich mich bei meinen Untergebenen nicht so durchzusetzen kann, wie ich das gern möchte. Manche sagen zu mir, dass ich ein viel zu guter Mensch sei, um Chef zu sein. Ich müsste härter durchgreifen.«

»Das müssen Sie nicht. Jane hat bereits beobachtet, wie es in Ihrer Firma zugeht. Sie persönlich kann sich nicht beklagen, doch die Mitarbeiter in der Logistik beschweren sich laufend. Machen Sie den Leuten das Arbeiten attraktiver. Vergeben Sie Prämien für besondere Leistungen statt Tadel auszusprechen – das ist weitaus produktiver. Eine gesunde Firma besteht aus einer guten Mischung aus Nähe und Distanz zu Untergebenen. Mit Tadel ist ein Problem nie gelöst, zumindest nicht auf Dauer. Wenn der Mensch denkt, er sei schlecht, wird er noch schlechter und geht deprimiert nach Hause. Wenn man ihn lobt, geschieht das Gegenteil: Er ist motiviert, und seine Leistungen werden besser.«

Der Chef war sichtlich beeindruckt.

»Das verschlägt mir die Sprache. Du bist doch höchstens halb so alt wie ich. Woher kannst du so etwas wissen? Es kommt mir vor, als ob du jahrelang meine Firma beobachtet hast, denn das ist genau der Fehler in diesem System.«

»Manchmal sieht man den Wald vor lauter Bäumen nicht. Das Problem liegt jedoch darin: Um zum Wald zu gehören, muss man erst einmal ein Baum sein. Ich habe mich in meiner Ausbildung als KFZ- Mechaniker ständig unzufrieden gefühlt, weil kein Meister dieses Problem erkannte. So brüte ich schon seit Jahren an einer humanen Lösung.«

»Mich wundert es nur, dass ich nicht selbst darauf gekommen bin. Eins muss ich dir sagen: Dumm bist du jedenfalls nicht. Ich würde sogar sagen, dass ich dich für deinen Scharfsinn bewundere.«

»Ich musste viel kämpfen, um so zu werden. Es hagelte oft tagelang negative Kritiken, bis ich zu einer Lösung kam, doch wie heißt es so schön? Probieren geht über Studieren. Ich habe es mir oft zur Tugend gemacht, so viel falsch zu machen, bis sich die richtige Antwort von allein ergeben hat.«

»Ich habe schon völlig vergessen, wie das ist, sich mit jemandem so freundschaftlich zu unterhalten. Du hast mir etwas wiedergegeben, von dem ich nicht wusste, dass es verschwunden war. Dafür möchte ich dir danken.«

Vier Stunden vergehen wie im Flug, dann gehen beide wieder ihrer Wege. Jane wurde nach drei Monaten an Wühler »abgegeben«, mit der Möglichkeit, jederzeit wieder an ihren alten Arbeitsplatz zurückzukehren.

Ihr Chef war mittlerweile einer von Wühlers beste Kunden geworden. Zweimal im Monat trafen sie sich, um über Partnerschaft und Probleme zu reden. Auch seine Frau, die ebenfalls ein Unternehmen führte, war oft dabei. Wühler beschäftigte sich inzwischen weniger mit Privatkunden, weil er durch seine spezielle Art automatisch in die höheren Kreise hineingerutscht war, was ihm in der ganzen Stadt zu großem Ansehen verhalf. Man muss nur genug an sich glauben, um selbst etwas bewegen zu können.

Wühler hatte eine so gut funktionierende Freundschaft mit Jane aufgebaut, wie man sie sich auf der ganzen Welt nicht noch einmal vorstellen konnte. Der beste Freund ging vor. Kein Partner oder Familienmitglied hatte einen Einfluss darauf. Wenn eine der vielen Frauen von Wühler die beste Freundin nicht leiden konnte, schickte er sie fort.

Sie gingen in der Annahme, dass Wühler etwas von Jane wollte oder dass sie zumindest einmal miteinender geschlafen hatten, doch es wäre Wühler nie in den Sinn gekommen, seine Harmonie mit Jane durch so etwas zu zerstören. Er hatte schon einmal eine andere beste Freundin gehabt, mit der diesen Fehler begangen und daraus gelernt.

Es gibt eine ganze Welt potentieller Sexualpartner, doch Freunde sind durch sie nicht zu ersetzen.

Wühler fuhr an einen Parkplatz und stieg aus.

»Jane, komm raus und schau es dir an. Das ist Frankfurt, unsere erste Station. Wie gefällt es dir bis jetzt?«

»Wir sind schon da? Das ging aber fix. Es ist wirklich eine schöne Stadt.«

Der Mercedes war so gemütlich, dass man bei einem Tempo von hundertachtzig km/h glaubte zu schleichen.

Im eigenen Auto hat man oft das Gefühl, nicht zu der restlichen Welt zu gehören. Man beobachtet sie aus getönten Scheiben, bis man den Ort erreicht, an dem man bleiben will. Mobilität macht gemütlich. Ein weiter Spaziergang ist nicht mehr vorstellbar. Eine Landschaft zu beobachten macht den Reisenden nervös, weil man noch nicht an seinem Ziel angelangt ist. Durch permanente Bewegung ist die Ruhe, die der Mensch im Urlaub sucht, dahin. Einen Parkplatz aufzusuchen ist meist mit dem Gefühl verbunden, in das nächstgelegene Gebäude zu gehen.

Jane und Wühler wollten auf dem Parkplatz ihren ersten Reiseproviant verzehren. Sie setzten sich auf eine Bank und schauten auf die Lichter der Stadt. Die Zeichen von Macht und Geld waren hier kaum zu übersehen. Es gab kaum ein Bankgebäude, welches kleiner als gigantisch war. Die Fassaden waren mit Glas überzogen, und blinkende Lichter auf den Spitzen der Dächer zeigten, dass sie so hoch waren, dass Flugzeuge daran hängen bleiben könnten.

Das bunte Treiben der Stadt aus der Ferne zu beobachten gibt einem das Gefühl ein Ruhepol zu sein. Hektik entsteht nur, wenn man die vorbeifahrenden Autos bemerkt, die ihren Weg auf der Autobahn suchen. Kurz vor dieser Stadt scheint es mehr Verkehr zu geben als in ganz Thüringen. Wirtschaftlich gesehen macht Frankfurt allein im Monat mehr Umsatz als Thüringen im ganzen Jahr. Die Banken, die Börse, Industrie, Handel, Binnenverkehr, der Flughafen und der Bahnhof sorgen für eine Einwohnerzahl von mittlerweile mehr als einer Million und lässt die Stadt aus allen Nähten platzen.

Wühler war vor ein paar Jahren in Frankfurt gewesen, um seine Eltern zu besuchen und den alljährlichen Marathon zu laufen. Die halbe Stadt war gesperrt. Zehntausend Teilnehmer liefen zweiundvierzig Kilometer durch Geschäftsstraßen, Industrie- und Wohngebiete, immer im Kreis. 250 000 Menschen wollten bei diesem Spektakel dabei sein und stellten sich an den Straßenrand, wo es an jeder Ecke eine Feier gab, als wäre man beim Karneval in Rio. Mindestens genauso viele sahen sich dieses Ereignis im Fernsehen an. Die S-Bahnen waren überfüllt mit Leuten, die den Läufern hinterhereilten, um ihren Favoriten an bestimmten Streckenpunkten anzufeuern.

Und Wühler war mittendrin. Das war seine lebendigste Erinnerung an Frankfurt. Sonst war er nicht oft dort gewesen, weil ihm das Treiben dort zu hektisch war.

»War dir das nicht zu anstrengend?«, fragte Jane. »Ich könnte mir niemals vorstellen, so weit zu laufen, nur um eine Medaille zu bekommen.«

»Ich konnte es mir auch nicht vorstellen. Dennoch wollte ich mir beweisen, dass ich etwas schaffen kann, wenn ich fest daran glaube. Dieser Glaube verließ mich allerdings beim fünfunddreißigsten Kilometer. Ich bekam Krämpfe in der linken Wade und dem rechten Oberschenkel, weil ich mich zu sehr auf das Geschehen konzentriert habe. Danach musste ich drei Kilometer gehen, bis mich ein netter Mann um die fünfzig die letzten Kilometer mitgezogen hat. Wir unterhielten uns und lenkten uns so von den wachsenden Problemen ab, bis wir die Ziellinie erreicht haben und ich die letzten zweihundert Meter wie ein Irrer gesprintet bin, um allen zu beweisen, dass noch mehr in mir steckt. Alles für eine Erinnerung, eine Urkunde und eine Medaille. Aber ich habe etwas geschafft, was mir erst einmal einer nachmachen muss.«

»Du bist verrückt. Ich weiß, was du dir in den Kopf setzt, ziehst du auch bis zum Ende hin durch. Wie mit unserer Reise. Stimmt's?«

»Stimmt! Wir fahren morgen gleich nach Amsterdam. Mal sehen, wie es uns dort gefällt. Es heißt ja, andere Länder, andere Sitten.«

Sie fuhren noch dreißig Kilometer, bis sie vor der Haustür von Wühlers Eltern standen und übernachteten dort nach einem großartigen Abendessen. Da seine Mutter ihm schon immer in jeder Situation vertraut hatte, lief das Gespräch ähnlich ab wie bei Janes Eltern. In Wühlers Elternhaus hatte es noch nie große Differenzen gegeben. Immer wenn Wühler eine Frau mit nach Hause gebracht hatte, waren seine Eltern sehr gastfreundlich und nett gewesen. Richtige Probleme gab es noch nie.

Wühler schlief auf dem Sofa und Jane in seinem alten Bett, in dem er als Jugendlicher gelegen hatte. Seine Eltern hatten sich nie richtig von diesem antiken Möbelstück trennen können. Die Nacht war so ruhig, wie die Lage, in der sie wohnten.

An den Stadtrand ziehen meistens Leute, die die Ruhe genießen und wahren können. Sie leben zwanzig Kilometer entfernt vom Treiben vieler Menschen, die so hektisch wirken, weil sie zu sehr aufeinander leben, sich jedoch nie wirklich kennen lernen werden, weil jeder Angst vor dem anderen hat.

Amsterdam

Am nächsten Morgen gab es ein ausgiebiges Frühstück. Wühlers Eltern deckten den Tisch, während er noch auf dem Sofa schlief. Wenn er schlief, konnte neben ihm eine Atombombe einschlagen und er würde nichts merken. Schließlich berührte ihn seine Mutter am Arm und schüttelte ihn wach.

Jane war auch eine Langschläferin. Aber wer würde auch freiwillig in seinem Urlaub um neun aufstehen?

Als Wühler das Zimmer betrat, klopfte er, wie es sich gehörte, vorher vorsichtig an die Tür. Als er einen Blick hineinwagte, sah er sie dort liegen, die Decke war halb aufgeworfen. Sie war wahrlich eine schöne Frau, mit perfekten Proportionen. Ihr Haar war durch die Nacht zerzaust, doch selbst das schmälerte ihr Aussehen nicht. Er schüttelte sie ebenso heftig wach, wie es seine Mutter zehn Minuten davor bei ihm gemacht hatte. Jane reagierte unwirsch, schlug wild um sich, bis sie zur Besinnung kam und bemerkte, dass sie nicht bei sich zu Hause war.

»Es tut mir Leid, ich habe geträumt, dass ich vergewaltigt werde. Du darfst mich nie so wecken.«

»Ist schon okay. Nur gut, dass dein Name nicht Mike Tyson ist. Dann würde ich jetzt in der nächsten Eck liegen und nie wieder aufstehen.«

Sie lächelte und fragte: »Wie spät ist es?«

»Gleich halb zehn. Meine Eltern haben extra für uns das Frühstück später auf den Tisch gestellt. Kommst du?«

»Nein, ich schlafe lieber noch ein bisschen. Und du weißt doch, dass ich nicht so viel esse. Schließlich muss ich mein Gewicht halten.«

»Du bist im Urlaub. Kannst du nicht einmal sündigen? Trink wenigstens einen Kaffee. Mein Vater macht sehr guten Kaffee, nicht den üblichen, den man im Laden kaufen kann.«

»Na gut, überredet.«

Jane zog sich an und kam mit an den Frühstückstisch, der üppig gedeckt war. Schließlich nahm sie doch ein Brötchen und bestrich es mit selbst gemachter Erdbeermarmelade. Der Wellensittich Rudi tanzte wie gewohnt auf dem Tisch herum und aß jeden Brocken, der von den Tellern fiel, so wie er es gewohnt war. Der Kaffee duftete herrlich aromatisch und war mit keinem gewöhnlichen zu vergleichen. Während der gemütlichen Runde fing Wühlers Mutter an Fragen zu stellen.

»Wann wollt ihr denn los? Ich könnte noch Mittagessen kochen, wenn ihr so lange bleiben wollt.«

»Mutter, du kennst mich doch. Ich bin doch nie lange bei euch geblieben. Wir sind auf der Durchreise. Heute wollen wir noch etwas in Amsterdam erleben. Da bleibt keine Zeit.«

»Wie du meinst. Du hattest ja schon immer deinen eigenen Kopf.«

Der Vater mischte sich ein.

»Ihr könnt aber nicht gehen, bevor ich ein Foto von euch gemacht habe. Das muss alles dokumentarisch für die Nachwelt erhalten bleiben.«

»Na gut, wie du meinst, aber bitte erst nachdem wir gefrühstückt haben.«

Wühlers Stiefvater hatte sich das Fotografieren zum Hobby gemacht. Andere Leute basteln an Autos herum oder bauen Modellflugzeuge. Sein Hobby war es alles zu fotografieren. Dafür hatte er sich eine richtig teure Ausrüstung zugelegt und nahm sie überall mit sich. Mittlerweile waren seine Fotos so gut, dass sie in Fachmagazinen abgebildet wurden. Einmal hatte er sogar einen Preis dafür bekommen. Wühler wusste nicht viel von seinem richtigen Vater, nur dass er seine Frau geschlagen und sich nie um seinen Sohn gekümmert hatte. Für seine Mutter war es reines Glück gewesen, an ihren jetzigen Mann geraten zu sein, der für Wühler immer ein Vorbild an Freundlichkeit gewesen war. Er hatte ihn sofort als seinen neuen Vater akzeptiert. Ihm war noch nie die Hand »versehentlich« ausgerutscht. Es schien die perfekte Beziehung zu sein. Wühlers Eltern hatten sich in zwanzig Jahren nie gestritten.

Als der Tisch abgedeckt worden war, packte der Vater die Ausrüstung aus. Das Stativ stellte er auf seine Höhe ein und drehte an den vielen Einstellungsmöglichkeiten der Kamera, um ein perfektes Licht zu erzeugen. Seine Bilder wirkten wie Gemälde. Da er noch nicht auf Digitalkamera umgestiegen war, konnte man die Bilder nicht sofort sehen. Wühler wusste aber, dass seine Bilder immer gut wurden. Er stellte sogar mit Goldfolie künstliches Licht her, um den Moment so perfekt wie möglich darzustellen. Mit Schnappschüssen ließ sich das nicht vergleichen. Gut Ding will Weile haben.

Während der Vater alles vorbereitete, konnten Jane und Wühler sich noch duschen und schön machen. Es sollte schließlich ein perfektes Bild werden. Sie setzten sich vor einem neutralen Hintergrund nebeneinander und versuchten möglichst vorteilhaft zu schauen. Fotografie kann ganz schön anstrengend sein, doch sie waren den Umgang mit Pressefotografen gewohnt, die sich manchmal wie Geier verhielten und nicht abwimmeln ließen, selbst mit dem berühmten Ausspruch »Kein Kommentar!« nicht.

Wühlers Vater verschoss zwei Filme – das perfekte Bild würde hoffentlich dabei sein. Mittags konnten die zwei endlich wieder aufbrechen, um die Weltherrschaft an sich zu reißen, wie es Wühler eigentlich immer sagte, wenn er mit Jane auf eine Party ging. Seine Mutter begleitete sie noch bis ans Auto und gab ihnen eine Tüte Reiseproviant mit. Als die Blinker des Mercedes durch die Fernbedienung aufleuchteten, registrierte sie zum ersten Mal, dass nicht der gewohnte metallicgrüne Passat vor der Haustür stand.

»Du hast dir ein neues Auto gekauft!«, rief sie erstaunt »War bestimmt nicht billig.«

»Vielleicht so viel wie eure Eigentumswohnung«, antwortete Wühler verlegen.

»Findest du das nicht ein wenig übertrieben?«

»Eure Wohnung habe ich doch auch gekauft. Fandest du das übertrieben?«

»Eine Wohnung ist etwas anderes. In einem Auto kann man nicht wohnen und die Unterhaltskosten sind wesentlich höher.«

»Mutter, ich weiß. Sag mir doch bitte einfach, ob dir das Auto gefällt oder nicht! Ich habe mir damit einen kleinen Traum verwirklicht. Für die Bedürftigen habe ich als Einzelner auch schon genug getan. Nun musste ich auch einmal an der Reihe sein. Ich arbeite doch nicht nur für andere. Ein Haus habe ich schon in Weimar. Soll ich etwa noch eins kaufen?«

»Na ja, du hast ja Recht. Es ist ein wirklich schönes Auto. Wenn ich bedenke, wie weit du damit fahren willst, ist es schon besser, ein neues Auto zu haben. Ich bin stolz auf dich und habe immer an dich geglaubt. Du wirst schon das Richtige machen.«

Sie umarmten sich herzlich. Es kam nicht oft vor, dass Wühler seine Eltern besuchte, doch Abneigung gegen sie ist noch nie da gewesen. Er hatte nur seine eigenen Interessen, die meistens seine gesamte Zeit in Anspruch nahmen. Deswegen hatte er auch seit zwei Jahren keine richtige Freundin mehr gehabt. Jane tat es ihm gleich, umarmte ebenfalls seine Mutter und bedankte sich für die Gastfreundschaft.

»Deine Eltern sind toll«, sagte sie später. »Warum besuchst du sie nicht öfter?«

»Früher bin ich immer zu Weihnachten und Geburtstagen vorbeigekommen, doch heute siehst du ja selbst, dass unsere Arbeit uns auffrisst.«

»Da hast du Recht. Deine Finanzbuchhaltung ist mittlerweile so umfangreich wie in meinem alten Betrieb geworden.«

Während der Fahrt nach Holland unterhielten sie sich darüber, vielleicht noch jemanden einzustellen. Sie fuhren über Remhagen ins Land der Tulpen.

Im Zweiten Weltkrieg war dort eine wichtige Brücke von den Deutschen tagelang belagert worden. Sie bestückten sie mit so viel Dynamit, dass man einen ganzen Häuserblock damit dem Erdboden hätte gleich machen können. Jetzt, sechzig Jahre, später fuhren Pendler, Händler und Touristen über diese Straße. Die meisten taten das, ohne einen Gedanken daran zu verschwenden, dass die deutschen Truppen die Brücke verteidigt hatten, als der Krieg schon längst vorbei war. Wühler stellte sich vor, wie die Soldaten beider Länder tot im Straßengaben lagen, wie es überall nach Blut und Leichen roch, wie Rauchschwaden, Dunst und der

Geruch von verbranntem Fleisch in der Luft lagen. Er konnte diesen Ort nicht leiden und versuchte so schnell wie möglich seine Gedanken zu verdrängen. Er hatte noch nie einen toten Menschen gesehen und wusste nicht, wie er mit dieser Situation umgehen würde.

Wühler hatte noch einen Gedanken ans Sterben verschwendet. Er konnte sich nicht vorstellen, dass es einfach von hier auf jetzt vorbei sein würde. Er las oft in Romanen, wie Menschen umgebracht wurden, und spielte auch oft Gewalt verherrlichende Computerspiele, doch konnte er gut Virtualität von Realität unterscheiden. Wühler wusste, dass es einfach nur Stolz war, sich bis zum Ende gegen das Dahinscheiden zu wehren.

Sterben, das war ihm in anderer Weise begegnet. Als ihm bewusst geworden war, dass es mit seiner ersten großen Liebe vorbei war, hatte er sich so gefühlt, als ob etwas in ihm sterben würde.

Wühler musste sich an die Geschwindigkeitsbegrenzung von einhundertzwanzig Kilometer in der Stunde halten. Es war ihm schon komisch vorgekommen, dass alle auf der Autobahn so langsam fuhren, aber er konnte sich daran erinnern, dass in Holland die Strafen für zu schnelles Fahren höher als in Deutschland waren.

Schließlich erreichten sie Amsterdam, das größer war, als er gedacht hatte. Es trieb ihn in Richtung Stadtkern, doch wo war der? Mit Hilfe des Navigationssystems fanden sie schnell ein bewachtes Parkhaus in der Nähe eines Hotels. Am Empfang entstand ein für Wühler typisches Gespräch mit dem Portier.

»Guten Tag, wir hätten gern ein Zimmer für eine Nacht.«

Der Portier redete teils Französisch, teils Deutsch. Er sah Jane und blickte misstrauisch.

»Ah, verstehä, un Moment, isch werdä sen, was sisch machen lässt. Leider ist unser Otel ausgebucht. Wir aben noch ein Stunden-Otel gleisch in der Nähä.«

»Sie verstehen mich falsch, Monsieur. Ich bin mit meiner Managerin auf der Durchreise. Morgen muss ich in London sein. Da möchte ich mich nicht die ganze Nacht mit der Suche nach einem Hotel plagen müssen. Ihren französischen Akzent können

Sie auch stecken lassen. Wenn dies hier das Hotel England ist, dann stellen die Besitzer bestimmt keinen Franzosen ein. Wo ist Ihr Geschäftsführer? Ich möchte sofort mit ihm eine Unterhaltung über Ihr Benehmen führen.«

Wenn Wühler so sprach, hatte jeder Angst vor ihm. Es war so, als ob er zaubern und sich die Macht des Wortes zunutze machen würde. Auf einmal wurde der Portier freundlich und stammelte vor sich her.

»Wir haben ein Zimmer frei. Erste Etage, und ich hoffe, Ihnen ist ein Doppelbett angenehm. Mein Benehmen tut mir Leid. Ich habe Sie falsch eingeschätzt und wollte auf keinen Fall unhöflich wirken. Sie müssen verstehen, dass viele Besucher am Tag vorbeikommen, um na ja, Sie wissen schon. Können wir bitte über diese Unterhaltung Stillschweigen bewahren? Ich gebe Ihnen auch einen Rabatt und trage selbstverständlich Ihre Koffer hoch.«

»Nun nimm mal die Zunge aus meinem Hintern. Wir haben nicht viel Gepäck bei uns und wollen nur kurz duschen und dann raus, um die Stadt zu sehen. Können Sie mir interessante Orte sagen, wo wir hingehen könnten?«

»Ja, auf der Leidse Plein ist immer viel los. Auf der Fußgängerzone können Sie bis zum Hafen spazieren gehen. Wenn Sie wollen, können Sie sich sogar mit dem Boot ein wenig in den Grachten herumfahren lassen. Interessant ist das Madame Tussauds, aber das hat zu dieser Tageszeit leider schon zu. Aber genug, ich zeige Ihnen Ihr Zimmer, wenn Sie mir folgen möchten? Wenn Sie kaum Gepäck haben, muss ich Sie bitten, im Voraus zu bezahlen. Es ist eine Regel des Hauses. Das macht für eine Nacht hundertfünfzig Euro.«

»Hier, Sie bekommen zweihundert. Den Rest können Sie behalten. Wir waren nie hier.«

»Aber sicher doch, ich verwahre Geheimnisse wie ein Grab. Wenn Sie weitere Wünsche haben sollten – ich bin jederzeit für Sie da.«

Das Zimmer war sehr gemütlich. Groß genug, um eine Nacht darin zu verbringen. Jane und Wühler duschten sich und wechselten die Kleider.

Eine Stunde später war es schon dunkel geworden. Sie verließen das Hotel, um auf der besagten Leidse Plein etwas zu erleben.

»Ich finde es schlimm, wie der Hotelier mit uns umgegangen ist«, sagte Wühler.

»Ich fand ihn ziemlich nett. Deine Antwort war ziemlich übertrieben. Hättest du keine besseren Worte finden können?«

»Du hast mal wieder nicht gesehen, wie er dich angeglotzt hat. Es ist überall auf der Welt dasselbe. Du erscheinst an meiner Seite, und die Leute fangen an zu gaffen und sich die wildesten Geschichten auszumalen. Ist das deine Schönheit wert? Du weißt doch, wie ungeniert du immer in den Diskotheken angestarrt wirst.«

»Ich kann doch auch nichts dafür, solche Leute gibt es nun einmal. Mich regen sie auch auf.«

»Komm, lass uns das Thema vergessen. Wir haben schon so oft darüber gesprochen.«

Wühler bot Jane seinen Arm an, und so gingen sie zusammen in die Stadt. Das Treiben in Amsterdam war ganz anders als in Deutschland. Diese Stadt schien Tag und Nacht etwas zu bieten, was bei deutschen Städten meistens nicht der Fall war.

Die letzten Sonnenstrahlen hüllten die Umgebung in einen warmen roten Schimmer, bis alles grau zu werden schien. An jeder Straßenecke standen verrostete Fahrräder und sorgten für einen gewissen morbiden Charme. Überall roch es nach Cannabis. Jane und Wühler waren aufgeregt. Für die Einwohner schien es normal zu sein, als ob die gesamte Stimmung schon immer existiert hatte. Als Bewohner einer bestimmten Landschaft kommt einem die eigene Heimat immer monoton vor. Andere Länder hingegen haben stets Besonderheiten, für die man sich begeistern kann.

Jane fragte sich, ob es hier auch Leute gab, die einfach nur weg wollten. In Deutschland waren die Holländer für ihren Wohnwagentourismus bekannt. Jane konnte sich nicht vorstellen, im Mercedes zu schlafen, weil sie zu viel Angst vor dem unzureichenden Schutz hatte, den ein Auto vor ungebetenen Gästen bot. Ein Haus erschien allein wegen den starken Mauern sicherer.

Amsterdam ist bekannt als Stadt der Diamanten. Es gibt viele

Handelshäuser, die von diesem Ruf profitieren. Viele Häuser haben den gleichen Baustil, die gleiche Höhe, das gleiche Aussehen und lassen sich im Dunkeln schwer voneinander unterscheiden.

Wühler konnte sich vorstellen, wie es tagsüber hier aussehen mochte. Sicher waren überall Touristenführer, die sich Urlaub machende Rentner angelten, um ihnen nach einem Rundgang eine Heizdecke aufzuschwatzen. In der Psychologie nannte man den stundenlangen monotonen Einfluss Hypnose – und so etwas wie Hypnose war es auch, was die Einheimischen gelegentlich mit den Touristen machten, die dann gar nicht anders konnten als ja zu sagen zu Heizdecke und Co.

Wühler hatte Mitleid mit Menschen, die sich so beeinflussen ließen, dass andere daraus Profit schlagen konnten. In seinem ersten Buch hatte er systematisch beschrieben, wie nahezu die ganze Umwelt den Normalbürger hypnotisiert.

Doch jetzt ließ sich Wühler in der Partymeile von Amsterdam anderweitig beeinflussen. Ein süßlicher Geruch stieg ihm in die Nase.

»Komm, Jane, lass uns einen Joint rauchen!«

»Bist du verrückt? Du bist in einer völlig fremden Stadt. Gott weiß, was die mit einem anstellen. Wer weiß, was die Leute dir andrehen!«

»Hier gehen hunderttausend Menschen am Tag in Coffeeshops kiffen. Die werden uns schon nichts tun.«

»Aber wo wollen wir hingehen? Hier ist alles unbekannt und sieht mir ehrlich gesagt nicht sehr seriös aus.«

»Das täuscht nur. Wir gehen in irgendeine größere Bar und bleiben dort so lange, bis wir wieder nüchtern sind. Es wird Spaß machen. Wozu sind wir hierher gefahren? Morgen fahren wir nach London und machen dann dort andere verrückte Sachen.«

»Na gut, aber nur, weil du es bist. Zuhause würde ich im Traum nicht daran denken, bekifft unter die Leute zu gehen.«

Sie betraten zaghaft eine Bar und sahen so aus, als ob sie nur nach dem Weg fragen würden, warfen immer wieder flüchtige Blicke zur Tür. Wahrscheinlich war es die Angst vor dem Unbekannten. Sie setzten sich gleich an die Bar und bestellten zuerst eine Cola. Einige Leute drehten sich nach Jane um, wie es immer passierte, egal, wo sie war. Durch das gedämpfte Licht sahen alle Leute aus wie Verbrecher, die nur auf solch ahnungslose Opfer wie sie gewartet hatten. Manche sahen so aus, als ob sie sich wünschten, die Zeit möge langsamer vergehen, solange sie Jane anstarrten. Wühlers Ansicht nach verliebten sich zu viele Menschen auf den ersten Blick in sie. Er hielt sie alle für Sklaven des Schönen, Unantastbaren. Vielleicht war Wühler ein wenig neidisch darauf, dass er nicht so viel Erfolg bei der Frauenwelt hatte wie Jane bei der Männerwelt, obwohl er auch nicht unbedingt hässlich war. Er besaß die angeborene Fähigkeit so normal zu wirken, dass er niemandem auffiel, als wäre er ein Unsichtbarer. Oft saß er stundenlang in einer Bar, ohne etwas bestellen oder die Rechnung zahlen zu können. Manchmal war er auch ohne Worte gegangen, weil es ihm zu bunt wurde.

Der Barmann war ein zwei Meter großer Fleischberg mit einer Glatze und einem Oberlippenbart, der bis zum Kinn herunterwuchs. An den Oberarmen war er wie ein Seemann tätowiert. Kaum eine Stelle war nicht mit Farbe versehen. Dennoch verhielt er sich normaler als alle seine Gäste zusammen und machte bei weitem keinen so Furcht einflößenden Eindruck.

Bei manchen Hunden kann man bereits am Blick erkennen, ob sie freundlich, hinterlistig oder feindlich gesinnt sind. Dieser Barmann machte einen sehr netten Eindruck.

»Ich grüße die Dame und natürlich auch den Herren«, sagte er mit überraschend hoher Stimme. »Was hätten Sie denn gern? Ich habe ganz frisches Cannabis im Angebot. Keine Stiele, so fein wie Staub. Kein metallischer Nachgeschmack und ganz sanft im Abgang.«

Der Mann hörte sich sehr gebildet an, als ob er früher ein Weinkenner gewesen war. Wühler und Jane waren beide sehr beeindruckt von dieser ungewöhnlichen Begrüßung. Dieser Barmann war etwas Außergewöhnliches. Kein Mann, den man alle Tage auf der Straße begegnete. Solche besonderen Menschen mochte Wühler am liebsten hat und er bedauerte, dass es von ihnen zu wenig auf der Welt gab.

»Können Sie einen Joint so dosieren, dass Leute, die das zum ersten Mal machen, nicht zu, na ja, weit abheben?«, fragte Jane.

»Aber natürlich. Jeder Wunsch ist mir Befehl. Wenn ihr wollt, dürft ihr mich Johnny nennen. So nennen mich die meisten meiner Stammgäste.«

Wühler und Jane hoben in der Tat nicht zu weit ab. Das Rauchen der ungefähr sieben Zentimeter langen »Tüte« hatte kaum Auswirkungen. Es war, als ob man eine Zigarette rauchen würde. Ähnlich wie beim Rauchen der »Friedenspfeife« gibt man den »Blunt« weiter, wie bei einer Verbrüderung. Wühler vertrug Gras normalerweise überhaupt nicht, weil er immer zu viel dabei dachte. Er fragte sich, warum Jane noch so normal aussah, während er seine kreidebleiche Fratze im Spiegel gegenüber beobachtete.

»Mein Verstand ist klar wie der erste Tautropfen des Morgens«, sagte er. »Ich bin unmerklich in eine Welt gerutscht, die dieser nahe ist, und doch fühle ich mich so fern.«

Er schaute sich seinen Handrücken an.

»Ich kann gar nicht glauben, dass die zu mir gehört. Boah, ich glaube, der Dübel zeigt bei mir schon Wirkung.«

Er schaute in Janes vertrautes Gesicht und sagte mit zusammengekniffenen Augen: »Ah, Breitness.« Dann fing er an zu lachen.

Der Barmann drehte den Dimmer herunter, und Jane lachte herzlich, weil sie als Einzige den Witz verstanden hatte. Im Kifferjargon in Deutschland bedeutete »breit sein« so viel wie: sich seines eigenen Verstandes nicht mehr bemächtigen zu können. Als beide nicht mehr aufhören konnten zu lachen, sagte Johnny: »Ich verstehe euren Witz nicht. Was bedeutet das auf Deutsch, Brightness? Im Englischen bedeutet es Helligkeit.«

Daraufhin lachten die beiden noch mehr. Andere Gäste drehten sich bereits um und sahen in Richtung Bar, wo ein junger Mann und eine Frau lachten, als wären sie eine Horde Schulmädchen. Jane hatte seit ihrem ersten Zug nichts mehr gesagt und grinste nur noch über beide Ohren. Wühler fing an laut in den Raum zu reden.

»Ein richtiger Philosoph würde behaupten: Ich denke nicht, also bin ich breit.«

Descartes' Abwandlung schien im Publikum gut angekommen zu sein, denn alle lachten. Johnny passte darauf auf, dass niemand seinen Gästen gefährlich war.

In Amsterdam sind Drogen genauso verboten wie in Deutschland, aber sie dürfen in Coffeeshops konsumiert und vertrieben werden. Deswegen dürfen Polizisten auf der Straße niemanden anhalten und untersuchen, außer wenn der Verdacht besteht, man sei ein Dealer. Die Legalisierung von weichen Drogen würde auch Deutschland helfen, die Kriminalität einzudämmen. Zusätzlich kommen Gelder in die Staatskasse, die dem Rentensystem weiterhelfen könnten. Die Jugendlichen kiffen für ihre Rente, damit sich alte Leute über die Runden halten können. Das wäre doch prima.

Nach drei Stunden ließ die Wirkung langsam nach. In dem McDonald's nebenan trank Wühler fast eine ganze Kanne Kaffee, während Jane einen Salat aß, erst dann kamen sie sich wieder wie zwei nüchterne Menschen vor. Bei McDonald's konnte man zwei Portionen Rinderwahn zum Preis von einem essen. Leute, die dort täglich essen gehen, sehen auch mit der Zeit danach aus.

Wühler bat Jane eine Portion zu bestellen, weil er noch ein wenig benebelt war und sich nicht auf ein Verkaufsgespräch einlassen wollte. Er setzte sich in die hinterste Ecke und versuchte so gelassen wie möglich auszusehen.

Es schien eine Ewigkeit zu dauern, bis Jane mit einem Tablett zu ihm kam. Dabei waren noch nicht einmal zehn Minuten vergangen. Die Zeit wollte in seinem Kopf einfach nicht herumgehen. Während ihrer Abwesenheit machte er sich bereits Sorgen, ob ihr etwas zugestoßen war und dass er nun allein in Amsterdam herumirren müsse. Wie sollte er nur Janes Eltern erklären, dass er ihre Tochter in einem McDonald's in Holland verloren habe?

»Gott, bin ich froh, dass du da bist, ich habe mir schon Sorgen gemacht«, sagte Wühler aufgeregt.

»Ich habe dir doch nur etwas zu essen besorgt. Was sollte mir denn an einem solch sicheren Ort passieren? Hier sind überall Leute. Das ist doch keine dunkle Sackgasse.«

Wühler begann sich nüchtern zu essen. Wenn man gekifft hat, verbraucht man so viel Energie wie in einem Fitnessstudio. Er trank einen Literbecher Cola, worauf er das Klo besuchte. Dann war er wieder nüchtern, und die beiden setzten ihren nächtlichen

Ausflug fort. Sie liefen die Straße Richtung Hafen entlang, bis sie zu einem großen Platz kamen, wo an jeder Ecke Leute Kunststücke machten oder (ungefragt) ihre Meinung verkündeten. Einige hielten wie die Freiheitsstatue in New York ein Buch in der einen Hand und begannen in Richtung Himmel zu predigen, dass das Ende der Welt nahe sei.

»Sieh mal da!«, sagte Jane aufgeregt. »Ein Taxistand für Gondeln. Wollen wir eine Rundfahrt machen?«

»Das ist eine tolle Idee, so können wir die ganze Stadt innerhalb kürzester Zeit sehen.«

Amsterdam schien selten zu schlafen. Es war gegen zehn Uhr abends und fast alle Lichter brannten noch und auf den Straßen herrschte buntes Treiben. Die Gondel war für ungefähr fünfzig Personen gedacht und mit einem Panoramadach versehen. Sie war mit Holzbänken mit gefüttertem Lederüberzug und Tischen, auf denen jeweils eine Kerze stand, ausgestattet. Wühler und Jane saßen nebeneinander auf einer Bank ganz hinten. Als alle an Bord waren, startete ein sehr lauter Dieselmotor, und aus einem billigen Lautsprecher erklangen Ansagen in drei Sprachen. Es schienen irgendwelche Informationen über die Stadt zu sein.

Hauptsächlich Rentner waren an Bord. Edle alte Damen mit Hut und Gentlemen, die aus einer anderen Epoche zu sein schienen, halfen den letzten Besuchern auf das Boot. Die Leinen wurden los gelegt, und das Boot fing an sich im Wasser zu bewegen. Zuerst drehten sie sich um einhundertachtzig Grad, bis es volle Fahrt vorausging.

Die Gäste unterhielten sich in einem heillosen Durcheinander. Jeder versuchte den anderen zu übertönen und vor allem die Maschine. Jane saß da und schaute mit zufriedenem Blick in der Gegend umher. Manchmal hörten die beiden dem Lautsprecher zu, der ununterbrochen kratzige Töne von sich gab. Ab und zu verstanden sie, was die monotone Frauenstimme sagte. Ein älterer Herr und seine Frau saßen ihnen gegenüber. Sie hatten ihre feinen Lederhandschuhe auf den Tisch gelegt und flüsterten sich ständig etwas ins Ohr und zeigten hin und wieder auf große beleuchtete Gebäude. Dann fingen sie an sich mit Wühler zu unterhalten.

»Ich frage mich, was wohl die Jugend von heute macht«, sagte der Herr. »Ich sehe kaum jüngere Leute wie Sie bei solchen Ausflügen.«

»Das liegt daran, dass sie immer nur arbeiten, um eine Karriereleiter hinaufzusteigen, bei der man die unteren Stufen absägt. Sie haben das Sparen verlernt und besitzen zu wenig Selbstvertrauen, um etwas aus sich zu machen. Viele haben jahrelang keinen Urlaubsort gesehen, weil sie sich keinen Urlaub leisten können, da die Lebenshaltungskosten immens steigen. Zumindest ist das in Deutschland so. Nur wenige haben wirklich Erfolg.«

Die ältere Frau rückte ihre Brille zurecht und mischte sich ins Gespräch ein.

»Sind Sie denn erfolgreich? Was machen Sie beruflich?«

»Ich helfe Leuten aus gewissen Zwickmühlen heraus. Zusätzlich habe ich ein Buch geschrieben und gebe die Hälfte meines Gewinns bedürftigen Menschen. Und nun bin ich so weit, dass ich mir alles leisten kann, was ich mir wünsche.«

»Sie sind ein sehr edler Mann. Es gibt zu wenige von Ihrer Sorte auf der Welt. Ich habe auch drei Patenschaften für Kinder in Afrika und bekomme immer Bilder von ihnen. Wahrscheinlich wären sie ohne meine Hilfe längst gestorben. Sie waren total unterernährt und leben im Krieg dort unten.«

Der alte Mann wollte wissen, was für ein Buch denn Wühler geschrieben habe.

»Es ist ein philosophisches Werk. Ich konfrontiere die Welt mit der Wahrheit und versuche dadurch etwas zu verbessern. Nichts dagegen zu sagen ist genauso schlimm, wie nichts dagegen zu unternehmen. Ja, das ist die große Geißel der Menschheit. Zu viele sitzen einfach nur da und bedauern sich selbst. Am meisten geht es um Macht und Geld. Wer viel hat, der möchte noch mehr. Ich bin in normalen Verhältnissen aufgewachsen und benötige nun weniger als ich besitze.«

Wühler bemerkte Jane, wie sie da saß. Ihre Augen strahlten im Kerzenlicht in einem besonderen Glanz, und sie sah zu den Beleuchtungen der Brücken herüber.

»Hey, Kleine, was ist mit dir los?«, fragte er. »Du sagst schon eine ganze Weile nichts mehr.«

»Ach, ich genieße. Es ist wirklich schön hier. Ich bin so froh, mit dir gekommen zu sein. Ich hätte niemals gedacht, dass ich mit jemandem wie dir so eng befreundet sein könnte. Als ich dich kennen gelernt habe, habe ich dich für einen riesengroßen Spinner gehalten. Deine Freundin hat dich damals verlassen und du kamst mir immer so großkotzig vor.«

»So schlimm? Das hat noch niemand zu mir gesagt. Natürlich hatte ich meine Fehler und fühlte mich von der ganzen Welt enttäuscht. Ich bin froh, dass die Freundschaft mit dir mich aufgefangen hat. Ich wüsste nicht, wo ich jetzt ohne dich sein würde.«

»Der erste Eindruck täuscht manchmal. Ich bin froh, dass ich dich habe. Du hast mir gezeigt, dass es auch andere Menschen geben kann. Die meisten, die ich kennen gelernt habe, sind Blender gewesen, aber du bist immer deinen Weg gegangen, auch wenn du bis aufs Messer kritisiert wurdest.«

»Dein Gefühl beruht auf Gegenseitigkeit. Ich bin auch froh, dass ich einem Menschen so vertrauen kann. Es gab Zeiten, da warst du mein rettender Anker im Leben. Mein Ein und Alles eben. Das liegt daran, dass ich noch nie viel von dir erwartet und mir keine Hoffnungen gemacht habe.«

Sie kamen am Rotlichtviertel vorbei. Die Schaufenster zeigten aufgetakelte schlanke Frauen in Dessous, die auf ihre Freier warteten. Einige Opas wünschten sich bestimmt noch einmal zwanzig Jahre jünger zu sein.

Wühler hielt die Hand ins Wasser und ließ sie treiben. Sofort wurde er vom Bootsmann verwarnt, aber was sollte dieser denn schon dagegen unternehmen? Um kein Streitgespräch daraus werden zu lassen, zog er die Hand wieder ein. Der Bootsmann wartete, bis er das getan hatte, und fühlte sich mächtig dabei, jemanden in seine Schranken zu weisen. Er pumpte seine Schultern breit und drehte sich wieder um.

In einem deutschen Roman hatte Wühler einmal gelesen, dass sich hier Monster versammelt hätten, die unter den Stützpfeilern der Stadt eine riesige Unterwelt geschaffen haben, und dass es auch Leute gab, die gegen die »großen Alten« gekämpft haben. Wühler überkam ein mulmiges Gefühl und wollte am liebsten wieder aufs Festland. Er erzählte Jane davon, worauf sie große Augen bekam und sagte, dass sie jetzt Angst habe.

Als die Bootsfahrt vorbei war, waren sie heilfroh, wieder festen Boden unter den Füßen zu haben. Die Nacht verändert viele Gedanken. Weit nach Mitternacht kamen sie am Madame Tussauds Wachsfigurenkabinett vorbei. Die Schaufenster waren mit schweren roten Samtvorhängen versehen. Die Eintrittspreise kamen ihnen völlig überteuert vor. Sie würden gerne einmal einem Weltstar in Originalgröße und 3D gegenüberstehen. Dabei waren Stars auch nur Menschen. Vielleicht würde Wühler einmal sein eigenes Denkmal bekommen. Dabei war das gar nicht sein Wunsch. Er hoffte, dass der ganze Rummel um ihn irgendwann vorbeiginge und er wieder ein normales Leben führen könnte. Denn waren es nur seine Gedanken gewesen, die Gedanken, die er in Langeweile auf ein Blatt Papier gebracht hatte, die ihn berühmt gemacht hatten. Er fühlte sich nicht so wie ein Höhlenmensch, der das Feuer entdeckt hatte. Andere Menschen hatten ihn zum Idol hochstilisiert.

Jane und Wühler durch den Vondelpark zurück in ihr Hotel. Für einen Abend hatten sie genug gesehen. Die Beine taten ihnen weh und müde waren sie auch. Sie mussten an der Haustür klingeln, damit der Portier ihnen Einlass gewährte. Sie gingen die Stufen hinauf, zogen sich bis auf die Unterwäsche aus und legten sich erschöpft ins Bett.

Als Jane am nächsten Morgen zuerst aufwachte, merkte sie, wie sie da lagen: Ihr Zeigefinger berührte den von Wühler. Würde man nur die Finger betrachten und einrahmen würde es aussehen wie das berühmte Bild von den zwei Engeln, die Michelangelo gemalt hatte. Es war neun Uhr. Um zwölf müssten sie spätestens das Hotel verlassen haben.

Jane stupste Wühler vorsichtig an.

»Aufstehen, du Schlafmütze.«

Er regte sich kurz. Ihr Versuch ihn wach zu bekommen schien keinen Erfolg zu haben. Sie bohrte mit ständig wachsendem Druck ihren Zeigefinger in seine untersten Rippen.

Im gleichen Moment hatte Wühler einen Albtraum. Er wurde

in einer dunklen Seitengasse mit einem Messer bedroht. Er wehrte sich heftig gegen den scheinbar stärkeren Gegner, bis dieser ihm das Messer in die Seite rammte. Dieser Schmerz schien ewig zu dauern. Ihm war bewusst, dass es nur ein Traum war, doch es fühlte sich so echt an. Vielleicht war es auch echt und er brauchte erst gar nicht versuchen aufzuwachen. Wenn das Leben jetzt vorbei sein sollte, dann war es eben so. Wenigstens würde er friedlich sterben. Was war mit Jane? Sie würde bestimmt auch in Gefahr sein. Plötzlich wachte er auf und bemerkte, dass alles in Ordnung war. Dennoch erschrak er heftig, als er merkte, dass der Druck noch da war.

»Jane, du kannst mir nicht einen solchen Schrecken einjagen. Ich hätte sterben können. Ich habe geträumt, jemand rammt mir ein Messer in den Bauch.«

»Entschuldigung, das wollte ich nicht.«

Er bemerkte, wie es sich unter seiner Bettdecke wölbte. Wie so häufig hatte sich in der Nacht Urin in seiner Blase angesammelt. Er musste auch ganz dringend, konnte aber vor Scham nicht aufstehen – er wusste nicht, wie er seine Morgenlatte verstecken könnte. Er dachte an ganz dicke und besonders hässliche Frauen, aber es funktionierte nicht.

»Jane, magst du nicht als Erste auf Toilette gehen?«, fragte er deshalb. »Ich bleibe noch zehn Minuten liegen.«

»Ist aber schön, dass du mir den Vortritt lässt.«

»Ich bin eben ein Gentleman.«

Sie ging, und er versuchte unter ständig wachsendem Harndruck sein groß gewordenes Problem zu minimieren. Zum Glück hatte das Hotelzimmer einen Minikühlschrank. Es musste sich doch Eis darin befinden. Er lief gebeugt hinüber, holte ein Paar Eiswürfel heraus und steckte sie in die Hose. Er erschrak über die unvermutete Kälte, und seine Hoden zogen sich sofort zusammen. Zum Glück schrumpfte auch sein bestes Stück. Die schmelzenden Eiswürfel, die begannen auf den Teppich zu tropfen, warf er kurzerhand aus dem Fenster. Seine Unterhose hatte durch das Wasser einen Fleck bekommen. Er zog schnell eine andere aus der kleinen Reisetasche und hörte die Klospülung. Die Zeit rannte davon. Jane verließ die Toilette, während Wühler gerade so schaute, als wäre er bei etwas erwischt worden.

»Was ist los?«, fragte sie.

»Ähm, nichts, kann ich jetzt kurz aufs Klo? Ich muss pinkeln. Ich glaube, ich habe mir die Blase entzündet.«

»Du kannst dich auch gleich duschen. Frische Handtücher sind links am Haken. Die haben sogar Duschgel in Tagesrationen verpackt. Ist auch wirklich alles in Ordnung?«

»Ja, was sollte mir denn fehlen?«, fragte Wühler genervt.

»Ich weiß ja nicht. Ich dachte, du würdest es mir sagen. Wir müssen bald raus hier. Heute wartet London auf uns.«

Wühler hatte sich schnell geduscht und überlegte, warum in fast allen Hotels, in denen er war, eine Überschwemmung stattfand, wenn er nur den Wasserhahn anschaute. Als er fertig war, putzte er sich die Zähne und pellte das eingepackte Wattestäbchen aus der Plastikfolie. Es hatte ihm schon immer gefallen, wenn er sich im Ohr kratzen konnte, vor allem, wenn sich noch Wasser darin befand. Die Handtücher sahen so aus, als ob man sie mitnehmen könnte. Er widerstand dieser Versuchung.

Als Wühler fertig war, ging Jane ins Badezimmer und machte sich fertig. Es war gerade einmal der dritte Tag dieser Reise und ihr kam es so vor, als ob sie schon ewig unterwegs waren, als ob es keinen Halt mehr gab. Sie fand Gefallen an dieser Mobilität. Am nächsten Morgen konnte man schon wieder ganz woanders sein und überall war es gleich. Die beiden zogen sich an und hinterließen das Zimmer in einem Zustand, der der Putzfrau so wenig Aufwand wie möglich machen sollte.

Das Parkhaus im Zentrum wurde mit Kameras überwacht, die jeden Winkel genau ausspionieren konnten. Der Mercedes war dort gut aufgehoben. Das Ganze hatte jedoch seinen Preis. Eine Nacht hatte zusätzlich zum Hotel dreißig Euro gekostet. Wühler bereute es schon dem Portier fünfzig Euro Trinkgeld gegeben zu haben.

Wieder benützten sie das Navigationssystem. Wühler würde auch so aus der Stadt finden, doch er wusste nicht, *wo* er rauskommen würde. Auf den Straßen waren richtig viele Fahrradfahrer, die sich um die Autos keine Sorgen machten. Die Stadtbewohner waren es anscheinend gewohnt, jeden Tag diesen Gefahren ausgesetzt zu sein. In der LKW-Fahrschule hatte Wühler gelernt wegen der Fahrradfahrer so weit rechts wie möglich zu fahren. Doch mit seinem neuen Auto hielt er sich an die Straßenmitte. Er würde sich grün und blau ärgern, wenn einer von diesen Verrückten ihm einen Kratzer in das Fahrzeug machen würde. Schließlich hatte es ein halbes Einfamilienhaus gekostet und er wollte es noch eine Weile unbeschadet behalten dürfen.

An einer schönen Raststätte aßen sie noch ein Croissant und tranken Kaffee zum Frühstück. Wühler las sich die Tageszeitung vom Vortag durch.

Der Verlierer des Tages war der Ex-Wirtschaftsminister, der seinen schicken Audi vor einem Hotel geparkt hatte, bis eine Schlammlawine ihn zu Schrott verarbeitete. Wühler dachte an die Schlagzeile, mit der er einmal in der Presse vertreten sein wollte: »Weisheit durch Wahnsinn!« Und der Text darunter: »Wühler, der Jungphilosoph, wachte eines Tages auf und war aufgrund des Nachdenkes vom Vortag nicht mehr derselbe. Wir meinen: Wieder mal einen Tag verschenkt.«

Die Innenseiten der Zeitung waren übersäht mit riesigen Anzeigen, die über Supermarkt-Sonderangebote informierten. Die wesentlichen Tatsachen wurden dagegen nur kurz behandelt. Es kam Wühler so vor, als ob das deutsche Volk sich mittlerweile nur noch für dumm verkaufen ließ. Die Hälfte der Zeitung bestand aus Sportberichten, für die er sich sowieso nicht interessierte. Das Kreuzworträtsel hatte er in fünf Minuten gelöst. Er belächelte sein Horoskop und die Pannen der Stars auf der letzten Seite, bis er endgültig die Zeitung wegwarf und sich schwor, nie wieder etwas von dieser Welt erfahren zu wollen, solange über sie so plump berichtet werden würde.

Sie fuhren an Rotterdam vorbei und über Antwerpen nach Belgien. Warum dort nicht Halt machten? Wahrscheinlich weil niemand dieses Land so richtig leiden kann. Als sie in Frankreich angekommen waren, war es nicht mehr weit bis nach Calais.

London

Der Ärmelkanal ist achtunddreißig Kilometer breit. Soweit Wühler bekannt war, gab es zwei Möglichkeiten, von Calais nach England zu kommen: über das Meer oder durch den Tunnel. Der Tunnel, der den Eisenbahnverkehr nach Großbritannien möglich gemacht hat, heißt Europatunnel. Seine Erbauer haben über einhundert Jahre daran gearbeitet, dass England nicht mehr von der Schifffahrt abhängig, sondern seit 1987 mit dem europäischen Festland verbunden ist. Dieses Bauwerk hat England insgesamt fünf Milliarden Pfund gekostet.

Jane war sich mit Wühler nicht einig. Sie wollte mit dem Zug nach England fahren. Wühler hingegen wollte lieber die Fähre nehmen, weil es ihm gemütlicher erschien.

»Ich weiß nicht. Ich fühle mich unter der Erde nicht wohl«, sagte er.

»Ich möchte nicht auf hoher See sein«, widersprach Jane. »Das Boot wird sicher ganz schönen Seegang haben. Außerdem würde es garantiert länger dauern. Allein das Beladen würde Stunden in Anspruch nehmen.«

»Die Fähren sind keine Boote. Das sind riesige Schiffe, denen selbst ein Sturm nichts anhaben kann.«

»Och Wühler, warum muss immer alles nach deiner Nase gehen?«

Wühler war genervt.

»Wir werfen eine Münze«, schlug er vor. »Bist du dann zufrieden?«

»Das kling fair.«

Er kramte einen Euro aus der Hosentasche und fragte: »Kopf oder Zahl?«

»Zahl«, sagte sie sofort.

Wühler schnipste die Münze mit dem Daumen hoch. Sie

drehte sich ein paar Mal in der Luft und fiel auf seine rechte Hand. Ohne zu sehen, welche Seite der Münze auf der Hand lag, schloss er sie zur Faust und drehte sie um. Mit einer schwungvollen Bewegung schwang er sie dann auf den linken Handrücken und zog sie beiseite.

»Mist!« sagte er »Es ist Zahl.« Er ärgerte sich.

Jane freute sich, dass sie gewonnen hatte. Und im Grunde war es Wühler egal, auf welche Weise sie nach England kommen würden, Hauptsache, sie waren einmal dort gewesen. Bei solchen »Spielchen« hatte er noch nie Glück gehabt, obwohl er an einem Sonntag geboren worden war. Deswegen hatte er sich auch nie für Spielautomaten interessiert, die so viele Menschen süchtig machen.

Sie fuhren zum Bahnhof, wo sie die Tickets kauften und das Auto an einem ihnen zugewiesenen Parkplatz abstellten. Die Fahrt durch den Tunnel dauerte nicht lange. Bei einer Reisegeschwindigkeit von einhundertdreißig Kilometer die Stunde waren sie im Nu am anderen Ufer.

»Das ging aber fix«, sagte Jane, als sie wieder Tageslicht sah. Mittlerweile war es achtzehn Uhr geworden. Wühler war während der Fahrt eingeschlafen, weil die beiden sich kaum unterhalten hatten.

»Ich habe fast nichts mitbekommen«, sagte er mürrisch.

»Mach dir nichts daraus. Ich habe auch die Augen zugehabt. Es war sowieso dunkel.«

Sie fuhren von der Laderampe des Zuges und waren nun in England. Wühler musste sich auf den Linksverkehr umstellen. Er war erstaunt, wie einfach es war. Aber mit seinem neuen Auto war nahezu alles einfach. Mittlerweile hatte Wühler es schon richtig lieb gewonnen. Er gab ihm den Namen »Schorsch«, wie auch jedes seiner Vorgänger geheißen hatte. Er war der festen Überzeugung, dass Autos Glück brachten, wenn man ihnen einen Namen gibt.

Es waren noch über hundert Kilometer bis London.

»Was machen wir heute Abend?«, fragte Jane.

»Dasselbe wie jeden Abend«, antwortete Wühler »Wir werden die Weltherrschaft an uns reißen.«

Jane lachte und sagte: »Jetzt mal im Ernst.«

»Pack doch mal meinen Laptop aus der Tasche und schließ mein Handy daran an. Ich sage dir dann, was du damit machen sollst, um ins Internet zu kommen.«

Wühler gab Jane die nötigen Instruktionen, um sich einzuloggen, während er sich gleichzeitig auf den Verkehr konzentrierte. Auf dem Bildschirm erschien ein Postfach und die Ankündigung, dass über einhundert neue Nachrichten darin eingegangen waren.

»Oh mein Gott, weißt du, wie viele Leute dir in vier Tagen geschrieben haben? Sogar die Leute von der Presse sind dabei. Die Polizei auch.«

»Ist ja gut, jetzt such erst mal nach Touristeninformationen über London!«

Jane gab die Begriffe »London« und »Touristen« bei einer Suchmaschine ein, und blitzschnell wurden über dreitausend Einträge angezeigt. Sie klickte den ersten an und suchte nach Parkmöglichkeiten – Wühler wollte nicht noch einmal so viel Geld wie im Parkhaus in Amsterdam für eine Nacht ausgeben.

Jane sah eine Überschrift mit dem Namen »Themse Dinner Cruise«. Als sie den Beitrag dazu durchgelesen hatte, beschloss sie, das vor allen anderen Dingen zu machen. Sie könnten sich ja später ein Hotel suchen. Sie hatte noch nie ein viergängiges Menü gegessen. Zwar hätte sie schon einige Male die Möglichkeit dazu gehabt, doch ihr Schlankheitswahn hatte ihr immer wieder einen Strich durch die Rechnung gemacht. Dieses Mal dachte sie auch an Wühler, der den ganzen Tag noch nichts gegessen hatte außer einem Croissant mit Butter. Ihr würde es zwar reichen, aber nicht so einem Kerl wie ihm. Sie erinnerte sich gern an die Zeit zurück – die noch nicht einmal eine Woche zurück lag –, als er bei ihr gegessen hatte. Früher, als er noch nicht in Weimar gewohnt hatte, musste er immer dreißig Kilometer fahren, wenn sie ihn zum Essen eingeladen hatte. Mittlerweile musste er gerade einmal ein Stockwerk hochlaufen.

»Hast du Hunger?«, fragte sie ihn.

»Ja und wie«, antwortete er. »Was gibt es denn?«

»Wir könnten auf der Themse dinieren. Ich bin sicher, dass es dir schmecken wird.«

»Klingt nach einer guten Idee, wann müssen wir dort sein?«
Jane schaute erneut im Internet nach und sagte: »Wir müssen
uns beeilen. Das Boot legt bereits um zwanzig Uhr ab.«
»Dann frag das Navigationssystem nach der bestmöglichen
Route. Wie spät ist es jetzt?«
»Achtzehn Uhr fünfundvierzig. Wenn wir es nicht schaffen, ist
es auch nicht schlimm.«
Doch Wühler begann aufs Gas zu treten. Wenn er sich einmal
etwas in den Kopf gesetzt hatte, war er wie ein Kleinkind und
fing an zu rasen. Die Straßen waren zum Glück für Geschwin-
digkeiten um die zweihundertfünfzig Stundenkilometer ange-
legt. Sie befanden sich seit dem Bahnhof auf der Autobahn.
Wühler legte einen Knopf am Getriebe um und befand sich nun
auf Sportmodus. Er trat aufs Gas und ein unerwarteter Kraft-
schub machte sich bemerkbar, der die Insassen in den Sitz presste.
Jane wollte den Finger zum Navigationssystem führen, doch sie
kam nicht dazu. Ein Mehrfaches ihres eigenen Körpergewich-
tes hinderte sie daran sich überhaupt vorzubeugen. Sie zog es
vor zu schweigen, auch wenn ihr nicht ganz wohl war. Wühler
fand sie sehr tapfer. Seine Ex-Freundin hätte längst angefangen
zu weinen. Der Spaß dauerte jedoch nicht lange, denn sie hatten
bald die maximale Reisegeschwindigkeit erreicht.
»Das ist ganz schön schnell«, sagte Jane
»Ja, aber hier drinnen merkt man es kaum. Früher habe ich immer
geflucht, wenn die Leute mit den fetten Autos immer so schnell
gefahren sind, aber nun könnte ich mich daran gewöhnen.«
»Das stimmt schon«, antwortete sie. »Ich hätte nie gedacht, dass
es einem von innen gar nicht so rasant vorkommt.«
In kürzester Zeit waren sie an einem Parkplatz angekommen
und fanden sofort einen freien Platz. In solchen Sachen hatte
Wühler immer Glück. Für irgendetwas musste es ja auch gut
sein, als Sonntagskind die Welt betreten zu haben. Zusätzlich
stand auch schon ein Taxi parat. Zufall oder wieder Glück?
»Weißt du, wohin wir müssen?«, fragte Wühler. »Ich hoffe, du
hast es dir gemerkt.«
»Klar!« Sie wandte sich zum Taxifahrer und sagte: »Can you
drive us to the Embankment Pier within a few Minutes?«

»No Madame«, antwortete der Fahrer. »That's impossible«

Jane schaute nach unten und hob den Blick wieder auffordernd.

»Please«, sagte sie mit einem verführerischen Lächeln und schlug auffällig mit den Wimpern.

Der Taxifahrer lachte und antwortete mit einer rauen Whiskeystimme: »Okay, young Lady, I do what I can.«

Wie von der Tarantel gestochen fuhr er los. Wühler und Jane konnten sich nur noch festhalten. Der Taxifahrer gab sein Bestes – oder zumindest das Beste, was ihm sein Auto zu bieten hatte. Schon bald sahen sie durch die vordere Scheibe das Riesenrad »London Eye«. Der Taxifahrer fuhr so schnell um die Kurven, dass die Reifen quietschten. Wühler bekam sogar Angst, doch Jane schien sich zu freuen. Nach der Stadtinformation war das Pier ganz in der Nähe des Riesenrades. Sie fuhren an der Themse entlang und konnten Big Ben sehen.

Wie in jeder großen Stadt war auch hier alles und strotzte vor Macht und Geld.

Um neunzehn Uhr fünfundfünfzig erreichten sie das Embankment Pier. Der Taxifahrer verlangte für die Fahrt zehn Pfund Sterling, was nicht wenig war. Wühler hatte leider nur Euro dabei und konnte bei weitem nicht so gut Englisch wie Jane. Zum Glück konnte sie ihn überreden dem Fahrer dreißig Euro zu geben.

Der Bootsmann wollte gerade ablegen, als die beiden ankamen, und ließ sie gerade noch an Bord. Am Empfang musste Wühler schon wieder bezahlen. Er gab dem Kassierer zweihundert Euro für das Essen und die Rundfahrt und hielt es für wahnsinnig teuer. Bei jeder weniger spontanen Aktion hätte er nicht so viel Geld für ein Essen hingeblättert. Jane musste nichts bezahlen, schließlich war sie Wühlers Gast auf der Reise und genoss dadurch alle Annehmlichkeiten. Wühler grummelte etwas Unverständliches in seinen Dreitagebart, aber er lächelte. Ein Page brachte sie zu ihrem Tisch, von dem aus sie einen wundervollen Blick auf die Stadt hatten. Aber auch die anderen Plätze waren hervorragend – hier saß niemand am Durchgang zur Toilette. Im Hintergrund lief leise Jazzmusik und sorgte für ein sehr gepflegtes Ambiente.

In der Mitte des Raums befand sich eine ungefähr dreißig Quadratmeter große Tanzfläche. An den Tischen wurden Willkommen-Drinks ausgegeben. Es waren sehr aufwendig gemachte Cocktails. Für den Preis war das aber auch zu erwarten. Nun konnten sie sich endlich entspannen.

»Und? Wie gefällt dir London bis jetzt?«, fragte Wühler.

»Scheint mir sehr teuer zu sein, zumindest habe ich bis jetzt den Eindruck«, antwortete Jane. »Wir sollten uns auf Englisch unterhalten, wenn wir schon einmal in England sind.«

»Mein Englisch ist ein wenig eingerostet«, meinte Wühler, »aber ich verstehe es ganz gut. Wenn du möchtest, kannst du das tun. Es hält dich niemand davon ab.«

Jane begann sich über das zu unterhalten, was ihr Wortschatz hergab. Es war sehr viel Unsinn dabei, aber sie redete mit einer solchen Begeisterung, dass dies unwichtig war.

»Hallo, wie fühlst du dich hier in London mit mir?«, fragte sie auf Englisch.

»Ganz gut und selbst?«, fragte Wühler, halb deutsch, halb englisch.

»Oh thanks, very good. It's nice to be here with you.«

Sie waren schon wieder auf einem Boot, als ob sie am Vortag nicht schon auf einem gewesen waren. Aber dies war etwas anderes. Sehr edel. Jane und Wühler fühlten sich wie in eine andere Welt entführt. Wühler war schon oft im Sheraton Hotel in Frankfurt gewesen, weil seine ältere Schwester dort arbeitete. Die englische Gastfreundschaft setzte jedoch noch ein Extra oben drauf. Es wurde einem das Gefühl vermittelt, als ob der Kellner der hauseigene Butler wäre. Er stand die ganze Zeit neben dem Tisch und wartet auf die Bestellung seiner Gäste. Erst wenn man ihn aufforderte zu gehen, zog er sich zurück, und das tat er auch, als Jane ihn darum bat. Er merkte an, dass noch ein kleines Glöckchen auf dem Tisch stehen würde, das sie betätigen sollten statt nach ihm zu rufen.

Auf der Speisekarte stand eine kleine deutsche Bemerkung zu der Rundfahrt auf der Themse: »Schiffen Sie ein und erfreuen Sie sich während einer abendlichen Rundfahrt an dem Glanz der erleuchteten Themse.«

»Glanz? Ich sehe nur gelbe Lichter. Ob sie die auch eingeschifft haben?«, sagte Wühler und begann über seine eigene Bemerkung zu lachen.

Jane konnte sich auch kaum halten und vergaß beinahe ihre Regel sich auf Englisch zu unterhalten.

»Wie kommst du nur immer auf so einen Scheiß?«

An diesem Abend gab es ein italienisch angehauchtes viergängiges Menü. Die einzelnen Portionen waren sehr klein, doch die Menge insgesamt bildete eine beträchtliche Mahlzeit. Zuerst gab es Thunfischtatar mit Sauerrahm und Lachskaviar auf Rucola, was sehr lecker war und den Appetit anregte. Die Fastfood gewohnten Mägen von Jane und Wühler mussten sich auf solch edle Speisen erst einmal gewöhnen. Jane ließ immer ein Stückchen auf dem Teller, doch Wühler versuchte elegant, aber auch so schnell wie möglich alles zu verputzen und nahm sich anschließend auch Janes übrig gebliebener halben Portionen an.

Während die beiden aßen, sahen sie die Lichter der Stadt und ließen sich von den vielen monumentalen Bauwerken beeindrucken.

Wühler dachte an den Englischunterricht in der Schule, in dem er nie richtig gut gewesen war. Er war eigentlich in keinem Fach richtig gut gewesen, doch hatte er immer einen Hang gehabt, für sich selbst Dinge genauestens zu untersuchen, und das, was er sich selbst gelernt hatte, behielt er immer lange für sich.

Zwischen den einzelnen Gängen wurde Kaffee angeboten. Die Kellner achteten präzise auf einen gut organisierten Ablauf, ohne dass ihre Bewegungen dabei hektisch erschienen. Der zweite Gang bestand aus einer Kürbiscremesuppe mit Flusskrebsspieß und war noch leckerer als der erste. Der Cocktail, der dazu serviert wurde, war mit reichlich Whiskey angereichert und machte Wühler ein wenig beschwipst. Wenigstens hatte er einen guten Appetit. Jane dagegen ließ wieder die Hälfte auf ihrem Teller, den Wühler auch wieder auf seine Seite zog. Sie sagte – natürlich auf Englisch – zu ihm: »Mann, bist du verfressen. Wir sind hier in einer sehr feinen Umgebung. Siehst du nicht, dass alle etwas auf ihrem Teller lassen?«

»Ich erweise den Köchen wenigstens meinen Respekt und

zeige, dass mir das Essen schmeckt. Außerdem bist du, was du isst, und heute bin ich viel, auch wenn das hier eigentlich nicht meine Kreise sind. Außerdem kennt uns doch niemand hier.«

»Das würde ich nicht zu laut sagen«, mahnte Jane. »Ich schlage vor, dass wir morgen erst einmal zum Frisör gehen und uns die Haare färben, damit die Leute, die uns möglicherweise auf den Fersen sind, uns nicht erkennen. Außerdem möchte ich hier einkaufen. Ich kann mir gut vorstellen, dass die Geschäfte hier ein sehr großes Angebot haben.«

So viel redete Jane in ihrer Muttersprache eigentlich nicht. Doch jetzt hörte sie sich gerne reden, ihr gefiel der britische Akzent, mit dem sie ihre Aussprache würzte. Sie hörte sich so nasal wie eine der elitären Pappnasen an, die Wert auf ihre Aussprache legt. Sie verhielt sich wie eine Dame von Welt und sprach deutlich und langsam, sodass auch Menschen mit geringen Englischkenntnissen sie gut verstehen konnten. Wühler fing an Gefallen daran zu finden.

Der dritte Gang begann mit einem Aperitif. Der Wein war sehr lieblich und bestimmt nicht in jedem Supermarkt erhältlich. Er wurde vom Kellner zunächst zum Ausprobieren angeboten. Als er die Kehle herunterlief, schienen sich die Geschmacksknospen richtig zu öffnen.

Wühler stellte sich vor, zu diesem Wein bei Jane zu Hause zu essen. Sie würde Nudeln mit Tomatensoße kochen, die sie anschließend bei Musik und Kerzenschein gemeinsam genießen würden.

Es gab tatsächlich ein Gericht mit Tomaten. »Lammfilet alla griglia« auf Tomaten-Olivensoße. Es war köstlich.

Mittlerweile waren sie an der Towerbridge angekommen. Das Boot drehte um, und ein leichter Nebel legte sich auf die Stadt. Wühler vergaß alles um sich herum. Vielleicht war es auch der Nebel, der ihm das Gefühl vermittelte, nicht wirklich zu sein. Zum Glück konnte er Realität von Träumen unterscheiden Er hatte viele Filme gesehen, die ihn fast davon überzeugt haben, dass seine Existenz nur ein Traum war, der sich aber anfühlte, als sei man wach.

Im Prinzip waren alle Handlungen des Menschen elektrische

Signale, die vom Gehirn interpretiert wurden. Wenn das wirklich so war, dann wollte er in diesem Moment nicht so schnell aus diesem Traum gerissen werden.

»Die letzten drei Tage waren so wunderschön, dass man sich direkt in dich verlieben könnte«, sagte Jane. »Du hast mir Orte gezeigt, die ich ohne dich nie gesehen hätte. Ich komme mir vor wie in einem scheinbar endlosen Traum. Ich wundere mich echt, warum du noch keine Frau gefunden hast.«

»Fängst du jetzt schon wieder damit an?«, fragte er. »Wenn ich in meiner philosophischen Phase eine Frau gehabt hätte, hätte ich nur Unsinn geschrieben. Der Dichter und Denker muss leiden, wenn das Werk wirklich etwas Gutes werden soll. Eine Frau stört da nur.« Ohne Pause zu machen redete er weiter. »Wenn ich nur naive und schöne Dinge schreiben würde, hätten wir bei weitem nicht so viel Erfolg gehabt. Und sieh es mal so! Wenn ich eine Frau haben würde, wäre ich nicht mit dir hier. Fragt sich überhaupt, ob ich jemals hierher gekommen wäre.«

»Da hast du Recht.« Sie resignierte und wurde still.

Der vierte Gang war ein »Limonensorbet con prosecco« und schmeckte interessant. Sekt und Limone erinnerten an Caipirinha – allerdings war das Dessert eiförmig und ohne Eiswürfel. Es war das einzige Gericht, das von Jane auch vollständig aufgegessen wurde. Wühlers Magen war richtig aufgebläht. Sein Hungergefühl würde die nächsten zwei Tage bestimmt nicht wiederkommen.

Jemand am Tisch gegenüber machte seiner Liebsten einen Heiratsantrag. Wühler glaubte daran, dass dies die beste Art war, um seiner Teuersten mitzuteilen, dass sie die Frau seines Lebens war. Wenn er eine Frau hätte, die er liebte, würde er sicherlich einen ähnlichen Antrag machen. Jetzt wusste er ja, wohin er dazu gehen musste. Das junge Paar wurde – nachdem sie den Antrag angenommen hatte – mit dem Beifall der anderen Gäste bedacht.

Zum Abschluss gab es noch einen Kaffee. Wühler hätte nie gedacht, dass man in zwei Stunden so viel Edles essen und trinken konnte. Sein Magen war mehr an Dönerbuden gewöhnt. Er hatte in seiner Jugend einen Türken kennen gelernt, mit dem er heute noch befreundet war. Wühler ging hin und wieder zu seinem Imbiss, um dort einen Kaffee zu trinken oder eine Kleinigkeit zu essen. Bei seinem Freund war er sich sicher, dass dort das Essen ordentlich zubereitet wurde – anderen Dönerbuden misstraute er zutiefst, seitdem er einmal eine Reportage über die dortigen hygienischen Bedingungen gesehen hatte.

Die Jazzmusik auf dem Boot wurde lauter. Animateure betraten die Tanzfläche und wollten die Gäste zum Tanzen anregen. Bewegung nach dem Essen hatte noch nie geschadet, also beschloss Wühler Jane zum Tanz aufzufordern.

»Darf ich bitten? Meine Tanzpartnerin ist krank und nun suche ich einen würdigen Partner«, sagte er und reichte ihr die Hand.

»Mein Herr, ich bin keine x-beliebige Frau, die sich von einem dahergelaufenen Straßengauner aufgabeln lässt«, antwortete sie zum Spaß. Wühler ließ sich darauf ein.

»Das ist mir bewusst. Ich würde auch nicht jede fragen. Ich bitte Sie nur ein Lied mit mir zu tanzen. Ich bin schon ein Wochenende nicht tanzen gewesen und brenne darauf mich zu bewegen. Kommen Sie! Wer kennt Sie denn schon hier.«

Sie erinnerte sich, dass sie am Wochenende tatsächlich nicht in einer Diskothek gewesen waren. Normalerweise tanzten sie immer zusammen, jedoch zu anderer Musik, zu HipHop und House. Sie hatten noch nie probiert richtig gepflegt miteinander zu tanzen.

»Ich habe zwar einen Freund, der jeden Moment kommen müsste, aber bei Ihnen glaube ich eine Ausnahme machen zu können. Er wird es verstehen«, sagte Jane schließlich.

Sie tanzten hin- und herschunkelnd wie zwei Bären, weil sei es nicht gewohnt waren, einen Partner zu haben, und kamen sich ein wenig albern vor.

Die anfangs schnelle Musik wurde langsam: Louis Armstrongs »Wonderful World« wurde gespielt. Jane bemerkte erstaunt, dass sich romantische Gefühle in ihr regten, doch sie unterdrückte sie eisern. Die Gefühle zu Wühler durften nicht zu stark werden. Sie fragte sich, wie Wühler sich in diesem Augenblick wohl fühlte. Dachte er vielleicht dasselbe wie sie? Sie würde sich niemals trauen ihn danach zu fragen.

Auf einmal gab es auf diesem Fleck Erde nur zwei wichtige

Menschen. Doch plötzlich ruckte es, und die Musik wurde leiser gedreht. Jane hatte einen schuldbewussten Gesichtsausdruck.

»Was ist los?«, fragte Wühler, noch ganz entrückt von der Musik. »Habe ich etwas Falsches gemacht?«

»Nichts. Das Boot legt an, lass uns nicht die Letzten sein, die von Bord gehen.«

Die Fahrt hatte fast drei Stunden gedauert und auf jeden Fall ihr Geld wert gewesen. Wühler bereute jedenfalls nichts. Sie bestiegen einen Bus und baten den Fahrer, ihnen Bescheid zu sagen, wenn er vor einem annehmbaren Hotel anhalten würde. Wieder ließen sie sich von ihrem Gefühl leiten. Die Devise dieser Reise hieß ja schließlich: »Immer der Nase nach«. Als sie in der Oxford Street anhielten, sagte der Busfahrer freundlich, dass dort direkt an der Haltestelle ein sehr gutes Hotel sei. Das Cumberland Hotel besaß fünf Sterne, verschwenderisch hohe Decken und war sehr modern eingerichtet. Die Nacht würde einhundertfünfzig Euro kosten, was für Londoner Verhältnisse noch bescheiden war. Wühler hatte kaum noch Geld in den Taschen und bat den Portier tausend Euro von seiner Kreditkarte abzuziehen. Dieser sagte, dass zwei Nächte aber nur dreihundert kosten würden.

»Das weiß ich auch, ich benötige aber noch ein wenig Geld zum Ausgeben, wenn Sie verstehen, was ich meine.«

Der Portier, der sehr gut Deutsch konnte, sah Jane an. Er gab Wühler das Restgeld ohne weitere Fragen zu stellen heraus und sagte: »Sir, ich verstehe Sie sehr gut.«

Wühler machte es wütend, dass Jane immer falsch eingeschätzt wurde, er erklärte seine wahren Absichten und bat um unbedingte Verschwiegenheit – die er bei einem Fünf-Sterne-Hotel eigentlich voraussetzte.

»Natürlich. In dieser Hinsicht sind wir ein sehr diskretes Hotel. Ich habe von Ihnen gehört. Darf ich Ihnen morgen ein Buch mitbringen, damit Sie mir eine Widmung hineinschreiben?«

»Wenn Sie Geheimnisse für sich behalten können.«

Sie einigten sich. Der Page schien froh zu sein, dass die beiden kein Gepäck dabeihatten und führte sie in ihr Zimmer. Es war sehr geräumig, in jugendlichem Stil eingerichtet und besaß sogar einen Plasma-Fernseher. Wie fast in jedem Hotel Englands stand auf einem kleinen Tisch ein Teekocher.

»Der Portier sagte zu mir, Sie seien spezielle Gäste. Wenn Sie einen Wunsch haben, können Sie jederzeit nach mir fragen.«

Wühler gab ihm zehn Euro Trinkgeld und meinte, er könne gehen.

»Warum leidest du unter solch einem Verfolgungswahn?«, fragte Jane, als sie alleine waren. »Glaubst du wirklich, die Leute würden dich so sehr suchen?«

»Na klar, normalerweise bekomme ich so ungefähr zwanzig E-Mails pro Woche. Hundert wie in dieser sind einfach zu viel. Seit meinem Verschwinden sind gerade einmal vier Tage vergangen. Die Zeitungen werden über eine Entführung spekulieren, wenn ich nicht auftauche. Aber die werden sich wundern, wenn ich irgendwann zurückkomme und so tue, als ob nichts gewesen wäre«, sagte Wühler.

»Das wird dir sicherlich mehr Medienrummel einbringen, als dir lieb ist, meinst du nicht?«, fragte Jane.

»Egal. Jetzt sind wir erst einmal hier. Und wir haben noch eine weite Reise vor uns. Lass uns schlafen und morgen darüber nachdenken, was wir dagegen tun können. Ich bin müde und will ins Bett.«

»Morgen müssen wir uns die Haare färben! Und am besten noch Sonnenbrillen tragen«, antwortete Jane

»In London scheint selten die Sonne, da müssen wir uns schon etwas anderes einfallen lassen.« Wühler zog seine Sachen bis auf die Unterhose aus und legte sich ins Bett. »Gute Nacht, Jane, ich mache mich heute nicht fertig. Ich geh so ins Bett. Sei bitte leise, wenn du im Bad bist.«

Er schloss die Augen und war innerhalb von Minuten eingeschlafen.

»Gute Nacht, mein Wühler«, sagte sie leise und dachte daran, dass es ein böses Ende mit ihnen beiden haben würde, wenn es so weiterginge.

Als sie wieder zuerst wach wurde, ließ Jane ihn noch ein wenig schlafen. Auf Zehenspitzen betrat sie den mit Klavierlack eingelassenen Parkettboden. Alles in dem vierzig Quadratmeter großen Raum war freundlich und luxuriös. Wie in vielen Designerräumen war sehr großer Wert auf Spaltmaße gelegt worden. Die elektrische Tür zum Bad hatte dieselbe Farbe wie der Fußboden. Sie war schwer und verschwand nach einem Knopfdruck lautlos in der Wand. Jane hätte gern ihre eigene Wohnung ähnlich gestaltet, wusste aber, dass es zu teuer war.

Sie zog sich aus und ließ Wasser, dessen Temperatur sich elektronisch regeln ließ, in die Badewanne laufen. Jane stellte am Anzeigebildschirm dreiunddreißig Grad ein und putzte sich anschließend die Zähne. Sie konnte es immer noch nicht fassen, wie luxuriös sie in den letzten fünf Tagen übernachtet hatte.

Als die Wanne voll genug war, stellte sich der Hahn automatisch ab. Normalerweise prüfte Jane erst mit dem Fuß, ob das Wasser auch nicht zu heiß war, doch zu dem Gerät hatte sie vollstes Vertrauen und ging sofort hinein. Seitdem sie das Bad betreten hatte, tönte leise Musik von der Decke. Jane entspannte sich binnen kürzester Zeit vollständig.

Währenddessen fehlte Wühler schon irgendetwas im Bett. Es war beeindruckend, wie schnell man sich doch an einen Menschen körperlich gewöhnte. Als er die Augen öffnete, dachte er zuerst daran noch ein wenig liegen zu bleiben. Jane schien noch eine Weile im Badezimmer zu brauchen, warum sollte er dann nicht den Fernseher ausprobieren. Trotz seines Reichtums hatte er sich immer noch keinen zugelegt. Er kam gut ohne dieses Gerät zurecht. Er hatte immer schon zwei Computer gehabt, mit denen es nie langweilig geworden war. Er nahm die Fernbedienung und schaltete den Plasma-Fernseher ein, der auf einer drehbaren Säule installiert war. Alles in diesem Zimmer hatte seinen richtigen Platz. Hier fühlte Wühler sich wohl.

Er suchte nach deutschen Nachrichtensendern. Schnell fand er das, wonach er gesucht hatte. Ein Reporter sagte, dass Wühler mit seiner Managerin spurlos verschwunden sei und es die schlimmsten Vermutungen gebe. Wühler schaltete um zu einem Musiksender und entspannte sich wieder.

Jane kam mit noch nassen Haaren aus dem Badezimmer. Frisch

gebadet sah sie aus wie eine Meerjungfrau, die jeden Mann mit ihrem Gesang betören könnte, doch sie sang nicht.

»Und, bist du von den Toten auferstanden?«, fragte sie.

»Du kannst dir gar nicht vorstellen, was das Fernsehen über mich sagt«, erwiderte Wühler. »Wir sind berühmter als zuvor. Das soll uns aber nicht an unserem Urlaub hindern.«

»Kannst jetzt baden gehen. Hier ist es richtig schön. Ich kann dir immer nur wieder sagen, wie dankbar ich dir bin, dass du mich mitgenommen hast.«

Wühler stand auf und kratzte sich am Hintern. »Schon gut, keine Ursache. Ich beeile mich, dann können wir in die Stadt.«

Er beeilte sich wirklich. Fünfzehn Minuten später waren sie im Foyer und fragten nach einem guten Frisör. Das Hotel hatte seinen hauseigenen, sodass nicht einmal rausgehen mussten.

Die Frisörin war eine hübsche zierliche Frau, die wie Jane jeden beliebigen Mann haben hätte können. Sie hatte rotbraun gefärbtes Haar und sah bezaubernd aus. Sicherlich bekam sie am Tag viele eindeutige Angebote, deswegen unterhielt sich Wühler kaum mit ihr, sondern äußerte nur die Wünsche, die seine Haare betraf. Er ließ sie sich komplett weiß färben und zudem ein wenig kürzer schneiden. Damit und in seinem Anzug, den er seit Calais anhatte, sah er elegant aus, ohne dabei älter zu wirken. Die Kombination passte gut. Er gefiel sich im Spiegel. Für die junge Frisörin war es ungewohnt, gesunden Haaren die Pigmente komplett zu entziehen, aber ihr gefiel es, etwas Neues auszuprobieren. Sie fand sehr großen Gefallen an Wühler, doch traute sich nicht, ihn in Janes Gegenwart zu fragen, was er am Abend vorhatte.

Wühler bezahlte sie mit einem angemessenen Trinkgeld, und Jane bewunderte ihn für seinen neuen Stil. Sie gingen mit neuem Selbstbewusstsein auf die Straße.

Ganz London war gespickt mit Museen und Attraktionen für Jung und Alt. Eine Art Erlebnispark, der alle Arten von Interessen befriedigte. Jane und Wühler sahen so viele Sehenswürdigkeiten, dass sie sich wunderten, wie so viele davon an einem Ort versammelt sein konnten. Die Menschen in London verhielten sich genauso wie in jeder anderen Großstadt. Gehetzt liefen sie durch die Straßen, als ob jemand die Zeiger an der Uhr schneller drehen würde.

Wühler kaufte sich im Kaufhaus Harrods einen eleganten Anzug, für den er eine ganze Stange Geld hinlegen musste. Ihm gefiel es mittlerweile Anzüge zu tragen. Es gab Zeiten, in denen er es sich nicht hatte vorstellen können.

Sie schlenderten ein wenig in der Stadt herum und ließen sich treiben. Da das Gepäck noch im Auto war, kaufte Jane unterwegs eine neue Jeans und Unterwäsche für beide – und bezahlte selbst, schließlich sollte Wühler nicht alles bezahlen. Sie hatten in fünf Tagen so viel Geld ausgegeben, wie manche in zwei Monaten nicht verdienen würden.

London war eine Stadt voller Gegensätze, vor allem in Bezug auf die Bauweise: Alte Backsteingebäude wechselten sich mit hochmodernen Neubauten ab.

Wühler war das Geld mittlerweile egal. Er befand sich im Kaufrausch. Jane ging das gegen den Strich, und sie appellierte an seine Vernunft.

»Wollen wir nicht etwas Kulturelles unternehmen?«

»Klar, warum nicht«, antwortete er.

Sie ließen sich ins Hotel fahren, um die Sachen abzulegen. Wühler konnte es selbst nicht glauben, dass er mit vier Einkaufstüten in das Zimmer kam. Mittlerweile war es Abend geworden. Jane wollte sich unbedingt im Westend eine Theaterveranstaltung anschauen, und sie fragten am Empfang, wie man am besten dort hinkomme. Vorher löste Wühler noch sein Versprechen ein und signierte sein Buch (die englische Erstausgabe), das ihm der Portier ehrfürchtig entgegenstreckte. Wühler machte es stolz, dass sein Werk mittlerweile in vier verschiedene Sprachen übersetzt worden war. Mit diesem Erfolg hatte er nie gerechnet.

Wühler war an diesem Abend angezogen wie ein Mann von Welt, während Jane aussah wie ein Popstar. Keines der Teile, die sie anhatten, hatte unter zweihundert Euro gekostet.

Sie einigten sich auf das »Phantom der Oper« im Westend und mussten lange am Eingang um ihren Einlass bitten, da Janes Aufmachung nicht der Kleiderordnung entsprach. Wühler bestach den Kassierer mit fünfzig Euro. Ihm gefiel es, seine neu entdeckte Macht auszunutzen.

Die beiden bekamen sogar noch einen Platz in den ersten Reihen – Wühler hatte auch hierfür angemessen etwas hingelegt. Als es dunkel wurde und der Vorhang hochgezogen wurde, erkannte Wühler, wie aufwendig gestaltet die Bühne war. Alles war so detailgetreu nachgeahmt, dass man sich mit ein wenig Phantasie vorstellen konnte, in den Katakomben des Theaters zu sein, wo das »Phantom der Oper« haust und wohin es die schöne Sängerin, in die es sich unsterblich verliebt hat, verschleppt.

Von dem gesungenen Text verstanden Jane und Wühler kaum etwas, doch die Schauspieler vermittelten durch ihre Mimik und Gestik die Geschichte erstaunlich gut. Es war faszinierend, wie die Macht des Theaters die Menschen in ihren Bann ziehen kann. Jane und Wühler sprachen während der ganzen Vorstellung kein einziges Wort miteinander. Sie waren vollständig fasziniert.

Als die Vorstellung vorbei war, gingen sie fast stumm nach draußen und ließen sich von einem Taxi zurück ins Hotel fahren. Das Theater war sehr schön gewesen, aber doch am Ende auch sehr traurig gewesen, sodass es die beiden doch mitgenommen hatten. Morgen müssten sie früh aufstehen, Paris wartete, die Stadt der Liebenden.

Oh je, dachte sich Jane.

Sie legten sich sofort ins Bett und machten das Licht aus.

Am nächsten Morgen wachten sie gleichzeitig auf. Sie machten sich sofort fertig und verließen das Hotel. Wühler fühlte sich irgendwie von Geistern getrieben, die ihm nicht erlaubten, länger als ein paar Tage an einem Ort zu bleiben.

Jane war sich bewusst einen Fehler zu machen, wenn sie ihren Gefühlen freie Bahn ließ. Wühler hatte schon immer etwas an sich gehabt, das sie störte. Sie wusste ganz genau, dass nichts mehr so sein würde wie früher, wenn sie den Fehler beging und ihn küsste. In ihrem Leben waren schon viele Kerle gekommen und gegangen, und keine der Beziehungen war auch nur annähernd so konstant gewesen wie die Freundschaft zu Wühler. Das schätzte sie sehr.

Wühler hingegen war es noch nie in den Sinn gekommen, etwas mit Jane anzufangen. Sie sah bezaubernd aus und besaß alle Vorzüge, die man sich bei einer Frau nur wünschen konnte, doch er sah auch, wie schnell das kurzlebige Gefühl der Liebe vorübergehen konnte. Jane war für ihn wie eine Schwester. Er hatte in den Jahren etwas Familiäres mit ihr aufgebaut, was sich mit seinen Trieben nicht vereinbaren ließ. Es war wunderbar, in ihrer Nähe zu sein, zumal sie ihm nie wirklich böse sein konnte. Und dennoch hatte er immer noch die Freiheit, jeder anderen Frau hinterherschauen zu können.

Die Harmonie zwischen ihm und Jane zu verlieren wäre eine Qual. Er würde das Einzige verlieren, für das es sich in seinen Augen zu kämpfen lohnte. Hätten sie eine Beziehung würden sie sich bei weitem nicht so viel erzählen wie jetzt. Es würden dadurch heftigere Streits entstehen, und Wühler wusste, dass Jane nicht akzeptieren konnte, dass Streits nun einmal zu einer Beziehung gehörten.

Sie unterhielten sich wenig. Jane war aufgekratzt und reizbar. Wühler merkte das und ließ sie lieber in Ruhe.

In Zeiten seines Alleinseins hatte er gelernt, auch für längere Zeit den Mund zu halten, wenn es erforderlich war. Er sprach auch nie mit sich selbst. Manchmal setzte er sich spontan in ein Café und beobachtete die anderen Gäste. Selbst an solchen Ruhepolen schienen sie nicht still sein zu können, sondern mussten permanent mit anderen Personen eine Kommunikation aufbauen und aufrechterhalten. Wühler hielt es für Unsinn, jeden Gedanken immer gleich verbal zu äußern.

»Erkenne dich selbst!« war Wühlers Leitspruch, dessen Sinn er verstanden hat. Man brauchte sich im Prinzip nur selbst anschauen, um zu wissen, ob man eine gewisse Sympathie für einen anderen entwickeln konnte. In einer Beziehung war es doch egal, ob man total gegensätzlich war, oder viele Gemeinsamkeiten besaß. Wühler fragte sich, wann endlich seine Richtige kommen und ihn von seiner Suche erlösen würde. Er wünschte sich so sehr eine Frau an seiner Seite, die ihn verstand.

Die beiden stiegen wortlos aus dem Taxi und in den Mercedes. Bis zum Europatunnel sprachen sie kein Wort. Jane versuchte zu schlafen. Wühler ließ sie, weil er gemerkt hatte, dass mit ihr irgendwas nicht stimmte. Das sollte sie aber nicht davon abhalten, die Reise fortzuführen. Sie warteten eine halbe Stunde auf den Zug, um eine halbe Stunde mit ihm zu fahren, um wiederum eine halbe Stunde zu warten, bis sie den Zug verlassen konnten.

Paris

Bis Paris waren es gerade einmal dreihundert Kilometer, die sie gegen Abend bewältigt hatten. Dieses Mal suchten sie sich erst eine Bleibe, um nicht noch einmal einkaufen zu müssen. Ihr schmutzigen Sachen konnten sie zum Glück im Hotel waschen. Wühler wäre auch bereit gewesen, sich einen Waschsalon zu suchen. In seiner eigenen Wohnung hatte er immer noch keine Waschmaschine, obwohl er sich längst eine hätte leisten können. Er mochte es, in den Waschsalon zu gehen, dort ein Buch zu lesen und die Leute zu beobachten. Sein Handy ließ er dabei zu Hause, damit ihn wenigstens für eine Stunde niemand stören konnte. Die Leute, die um ihn herum waren, beachteten ihn kaum, waren in ihre eigenen Gedanken vertieft. Wenn Wühler in dieser Atmosphäre über seine Probleme oder die seiner Kunden nachdachte, fand er häufig Lösungswege.

Wieder einmal ließ sich Wühler vom Navigationssystem durch die Stadt leiten. Er merkte, wie schnell man sich an diesen Luxus gewöhnte und die Fähigkeit Karten zu lesen abnahmen. Viel Zeit sich die berühmten Bauwerke an den Straßen anzusehen hatte er nicht. Der Pariser Verkehr ließ es nicht zu, dass er seine Augen nach links oder rechts schweifen ließ. Sie fuhren eine lange und gerade Straße entlang, die kein Ende zu nehmen schien und an beiden Seiten von Bäumen gesäumt war.

Die Hotelpreise in Paris waren gesalzen, doch dafür stimmte der Service. Das Hotel Maurice war verschwenderisch mit antiken Luxusgegenständen aus dem 18. Jahrhundert ausgestattet und hatte eine eigene Tiefgarage. Wühler hatte keine Lust gehabt, sich mit der Suche nach anderen Hotels umzusehen, also hatten sie das erstbeste, dass sich ihm anbot, genommen. Solch einen Urlaub machte man ja nicht alle Tage.

Das erste richtige Gespräch mit Jane entstand erst wieder, als sie das Hotelzimmer bezogen hatten. Jane hätte gern diese Nacht ein Bett für sich gehabt, wagte aber keinen Einspruch, weil wieder einmal Wühler bezahlt hatte. Sie würde auch niemals fragen, ob sie sich einmal Zeit für sich nehmen dürfte.

»Was hältst du davon, wenn wir heute Abend noch weggehen?«, fragte Wühler »Ich habe die aktuellen Veranstaltungstipps vorhin an der Rezeption mitgenommen. Ich wollte schon immer mal ins Moulin Rouge gehen.«

Die Information war auf Französisch geschrieben, was für Wühler jedoch kein Problem darstellte.

»Die aktuelle Revue heißt ›Ferie‹«, übersetzte er. »Sie zeigt über einhundert Artisten in eintausend mit Federn, Strass und Pailletten verzierten Kostümen sowie traumhaft schöne Bühnenbilder – ein einziger Feuerzauber.«

»Klingt vielversprechend«, antwortete Jane knapp.

»Oh, es kann sprechen«, sagte Wühler erfreut, worauf Jane anfing zu lächeln. Er las weiter aus dem Prospekt vor.

»Nicht zu vergessen der Cancan – was immer das sein mag –, der bei jeder Revue des Moulin Rouge einen Höhepunkt darstellt.«

»Weißt du nicht, was der Cancan ist?«, fragte Jane. »Wir haben ihn mal bei einer Kirmesveranstaltung mit der Tanzgruppe aufgeführt. Die Tänzerinnen stehen alle nebeneinander und haken sich ein. Wir mussten damals rüschige Unterröcke darunter tragen, die man dann gesehen hat, wenn wir die Beine hochgeschlagen haben.«

»Na klar, jetzt weiß ich, was das ist. Bist du mit meinem Vorschlag nun einverstanden oder nicht? Wir haben nicht mehr viel Zeit. Die Vorstellung beginnt um einundzwanzig Uhr. Es ist sogar ein Menü dabei. Du hast doch heute noch nichts gegessen.«

»Wenn das so viel ist wie vorgestern, dann esse ich auch nichts«, entgegnete Jane verbittert. »Ich muss auf meine Linie achten. Fett nimmt mich doch niemand.«

»Ich hätte dich jederzeit genommen, wenn wir uns unter anderen Umständen kennen gelernt hätten.«

»Du hättest doch gar nicht mit mir gesprochen, wenn ich fett gewesen wäre.«

»Vielleicht hast du Recht, vielleicht auch nicht. Ich kenne auch dicke Leute, die mir unwahrscheinlich sympathisch sind.«

Jane wusste, dass es sinnlos war mit ihm darüber zu diskutieren. Sie nahmen sich ein Taxi zum Theater, schließlich sollte der Mercedes sich auch einmal ausruhen können. Wühler hatte sich den Anzug angezogen, den er in London gekauft hatte. Er fühlt sich richtig wohl darin, weil der Schnitt ihn sehr elegant aussehen ließ.

Er führte Jane wie ein Gentleman aus. Am Taxi machte er ihr die Tür auf, und er betrachtete es auch als selbstverständlich, am Moulin Rouge als Erster auszusteigen, um ihr aus dem Auto zu helfen. Jane kam sich dabei irgendwie komisch vor, wusste aber, dass Wühler sich oft aus Spaß besser benahm als andere. Sie bedankte sich für alles, was er tat, und nahm seinen Arm, den er ihr anbot.

Am Moulin Rouge standen Türsteher, die die beiden nur reinließen, weil sie in ihrer Aufmachung wie Leute von Welt aussahen. Zweihundertfünfzig Euro zahlte Wühler für Show und ein Essen – einhundert Tänzerinnen und Tänzer sowie exklusive Verköstigung hatten eben ihren Preis.

Wenn er den Anzug anhatte, dann sollte auch Geld keine Rolle spielen. Doch für immer wollte er nicht auf solch großem Fuß leben. Allein an diesem Tag hatte er wieder über tausend Euro ausgegeben. Allein das Hotelzimmer kostete für zwei Tage schon siebenhundert. Allein in Paris hatte er bereits zum dritten Mal das Auto voll getankt. Letztendlich war ihm dieses Geld egal. Er wollte von dieser Reise noch begeistert erzählen, wenn er alt und grau geworden war.

Jane und Wühler bekamen einen schicken Platz zugewiesen, von dem aus man die Bühne gut überblicken konnte. Die Show war von Anfang bis Ende so beeindruckend, dass sie nur staunende Laute von sich gaben. Wühler bestellte Weißwein, während Jane ohne Unterlass von dem Champagner trank, den ein Kellner in einem mit Eiswürfeln gefüllten Eimer auf ihren Tisch gestellt hatte. Nach einer Weile bekam sie glasige Augen und starrte vor sich hin. Wühler dagegen richtete seine Aufmerksamkeit auf die Tänzerinnen, die er sehr sexy fand und die ihm zusätzlich zu den kulinarischen Köstlichkeiten und dem Wein Wohlbefinden verschafften. In seiner Hose regte sich auch etwas. Wie schön wäre es, wenn er diese Nacht heißen Sex haben könnte. Er hatte schon seit Wochen nicht mehr mit einer Frau geschlafen. Die eindeutigen Angebote, die er sonst immer bekam, waren in letzter Zeit ziemlich spärlich gewesen.

Es ärgerte ihn, dass er Jane nicht allein lassen und sich für Geld in einem einschlägigen Lokal verführen lassen konnte, denn er konnte sich dafür keine bessere Stadt als Paris vorstellen. Außerdem wäre es ihm peinlich, Jane beichten zu müssen, dass er wieder mal »Druck ablassen« wolle. Zudem konnte er sich richtig guten Sex eigentlich nur mit einer Partnerin vorstellen, die er richtig liebte. Es stimmte ihn traurig, seit Jahren niemanden gefunden zu haben.

Als sie das Theater verließen, bekam Jane die Wirkung des Champagners sofort zu spüren, als sie die erste frische Luft einatmete. Sie begann zu lallen und zu lachen.

Wühler fühlte sich zu ihr hingezogen. Er rief ein Taxi, um sie ins Hotel zu bringen. Wühler konnte sich gut auf Französisch unterhalten und freute sich, so viel von seinem Selbststudium behalten zu haben. Ihm war manchmal langweilig gewesen, weswegen er sich diese Sprache mittels eines Kassettenkurses angeeignet hatte.

»Je trouve que tu as un jolie petit derrière.« (Ich finde, dass du einen wunderschönen kleinen Hintern hast.)

Als Wühler es auf Janes Bitte übersetzt hatte, wurde sie rot und lächelte verlegen. Am Hotel musste er ihr die Treppen hoch helfen, weil sie das Gleichgewicht verlor und zu stolpern begann.

Der Portier, der wie ein verzogener Fatzke aussah, schaute den beiden pikiert hinterher und fragte, ob sie das erste Mal in Paris seien. Danach brummte er mehr zu sich, dass er sich frage, ob die beiden noch bei Sinnen wären.

»Ich würde mir zwei Mal überlegen, was Sie sagen, Monsieur!«, mahnte Wühler, worauf der Portier sofort unterwürfig wurde und bat, den Zwischenfall nicht dem Chef zu erzählen.

Wühler wusste, wie es war, wenn man einen schlechten Tag

hatte und deshalb andere Leute anpflaumte, deshalb verzieh er ihm und zog Jane weiter. Er ging mit ihr auf das Zimmer und legte sie ins Bett. Sie wollte noch sagen: »Ich brauche jetzt jemanden zum Kuscheln«, doch schlief sie vorher ein.

»Schlaf gut«, sagte Wühler. Er wartete noch eine Viertelstunde, um sich zu vergewissern, dass sie auch wirklich schlief. Er zog sie bis auf die Unterwäsche aus und deckte sie zu. Sie ließ sich wie eine Tote bewegen. Wenn er gewollt hätte, hätte er jetzt alles mit ihr machen können, doch kaum hatte er diesen Gedanken gehabt, rief er sich wieder zur Besinnung: Jane war seine beste Freundin, niemals würde er ihr so etwas antun.

Er ging frustriert in die Nacht hinaus und kam Stunden später freudestrahlend zurück ins Hotel, wo ihn der Portier erneut scheel ansah, dieses Mal jedoch schwieg. Wühler legte sich auf seine Hälfte des Doppelbettes, drehte sich um und schlief ein.

Am nächsten Morgen wachte Jane mit einem riesigen Druck im Kopf auf und machte sich auf den Weg ins Bad. Um wieder klar denken zu können, stellte sie die Dusche ein wenig kälter als sonst und überlegte sich währenddessen, was letzte Nacht nach dem Verlassen des Moulin Rouge wohl passiert war. Es war wie ein Filmriss, sie konnte sich an nichts mehr erinnern. Sie war noch nie so besoffen gewesen wie letzte Nacht. Sonst konnte sie sich immer daran erinnern, was am Abend zuvor passiert war. Sie brauchte fast eine Stunde, um wieder aus der Duschkabine zu kommen.

Wühler schlief währenddessen, ungerührt von dem Lärm, den Jane veranstaltete, tief und fest. Als sie ihn weckte, machte er mühsam die Augen auf.

»Wühler, was ist gestern passiert? Ich kann mich nur daran erinnern, wie wir das Moulin Rouge verlassen haben. Ab dann habe ich einen Filmriss.«

»Du warst mächtig angetrunken«, sagte er verschlafen. »Das liegt daran, dass du manchmal tagelang das Essen vergisst. Und wenn du isst, dann zu wenig.«

»Lass das mal meine Sorge sein«, entgegnete Jane kühl.

Wühler setzte sich auf und rieb sich am Kopf

»Dein Kreislauf macht das nicht mit, deswegen bist du völlig durchgedreht. Ich habe dich ausgezogen und zugedeckt. Danach habe ich mich hingelegt und versucht zu schlafen. Du grunzt wie ein Mann, wenn du säufst.«

Jane schaute schuldbewusst weg und bedankte sich zerknirscht, dass er sich um sie gekümmert hatte, als sie nicht mehr fähig war, sich um sich selbst zu kümmern.

Irgendwie erschien ihr Wühler heute anders. Er war fröhlicher als sonst und das wollte schon etwas heißen. Sonst war er immer so gelassen, doch jetzt wirkte er fast aufgekratzt. Jane gefiel es nicht, dass er so fröhlich war. Irgendetwas verheimlichte er ihr.

Es war schon wieder Mittag, als sie das Hotelzimmer verließen. Warum bestellten sie immer Vollpension, wenn sie zum Frühstück und Abendbrot gar nicht im Haus waren oder noch schliefen? Wühler führte Jane in ein Gourmet-Restaurant, wo er ihr pflichtbewusst einen Stuhl zurechtrückte und anbot. Doch etwas an seiner Höflichkeit wirkte anders als am Vortag. Als er sich selbst hingesetzt hatte, fragte sie: »Was ist mit dir los? Verheimlichst du mir irgendetwas? Gibt es da etwas, das ich wissen sollte?«

»Stell mir nicht so viele Fragen auf einmal. Heute ist einfach ein schöner Tag, den ich mit dir genießen möchte, und ich freue mich, dass wir schon so weit gekommen sind. Irgendwie ist Paris meine Lieblingsstadt. Hier gefällt es mir«, antwortete er.

»Du hast doch noch nicht viel gesehen. Der Unterschied zu anderen Städten ist doch nicht so groß. Sag mir auf der Stelle, was mit dir los ist!«

»Es ist wirklich nichts. Ich habe mir schon überlegt, was wir heute machen sollen. Hast du Lust, mit mir die Mona Lisa zu betrachten? Ich habe sehr viel über den Louvre gelesen. Es soll dort so viel Kunst geben, dass man es an einem Tag nicht schafft.«

»Du lenkst vom Thema ab. Na ja, mir doch egal, warum du mir gegenüber von heute auf morgen so komisch bist, solange du nichts Schlimmes angestellt hast«, antwortete Jane frustriert und hakte nicht weiter nach. Doch sie spürte instinktiv, dass etwas nicht stimmte. Und ihr Instinkt hatte sich noch nie geirrt.

»Ich kann dich beruhigen«, sagte Wühler. »Es ist wirklich nichts passiert. Du bist ja völlig durch den Wind. Lass uns etwas zu Essen bestellen. Ich habe einen Bärenhunger.« Er grinste.

So eine Frechheit, dachte sich Jane. Warum nur verheimlicht er mir etwas?

Wühler aß Froschschenkel, weil er unbedingt wissen wollte, wie sie schmeckten. Jane bestellte sich ein Croissant mit einer sehr leckeren Marmelade. Beide tranken Kaffee dazu, um für den Tag in Gang zu kommen.

Der Louvre war ganz in der Nähe. Trotzdem mussten sie ein ganz schönes Stück laufen, bis sie am Hauptgebäude angekommen waren. Es war beeindruckend, vor einem solch riesigen Gebäude zu stehen. Es war mindestens zweihundert Meter breit und fünfhundert Meter lang. In der Mitte des u-förmigen Eingangsbereiches stand eine gläserne Pyramide, die dreiundzwanzig Meter hoch war und angeblich aus 666 pyramidenförmigen Steinen bestand, wobei der Stein in der Mitte schwarz war. Wühler hatte in einem Roman gelesen, was das alles zu bedeuten hatte. Sein damaliges Interesse gegenüber diesen Zahlenspielereien war so groß gewesen, dass er alles verschlungen hatte, was damit zu tun hatte.

Man bräuchte Monate, um die 65 000 Ausstellungsstücke des Louvre zu bewundern. Zwar werden »nur« 24 400 Exposés davon wirklich ausgestellt, aber Jane und Wühler reichte das vollkommen.

Sie schlenderten durch die Gemäldeabteilung, mischten sich unter die Menschentraube vor da Vincis »Mona Lisa«, bestaunten Werke von Delacroix, Rubens und Rembrandt.

In anderen Abteilungen sahen sie ägyptische und orientalische Altertümer sowie zahlreiche römische, griechische und etruskische Kunstschätze, darunter die weltweit bekannten antiken Statuen Nike und Venus. Eine weitere Abteilung zeigte Kunst- und Einrichtungsgegenstände aus dem frühen 18. Jahrhundert. Jeder Herrscher hatte den Louvre-Palast nach seinem Geschmack erweitert. Ende der achtziger Jahre war das Gebäude auf Initiative des damaligen Präsidenten Mitterand erweitert worden. Die Ausstellungsfläche wurde auf insgesamt sechs Hektar vergrößert, und der in aller Welt bekannte Pyramideneingang wurde gebaut.

Es beeindruckte Wühler, dass so viele Schätze an einem Ort versammelt waren. Natürlich konnten sie sich nicht alles ansehen, und er wünschte sich, ein Paar Tage länger in Paris bleiben zu können. Das Warten hatte sich auf jeden Fall gelohnt.

Wühler dachte an die berühmte abgebrannte Bibliothek in Weimar. Es war gar nicht auszumalen, dass im Louvre so etwas passieren würde. Jane war am Eingang noch genervt gewesen, doch als sie einige der Bilder gesehen hatte, waren ihre negativen Gedanken verflogen.

»Gott muss ein Maler sein, wenn er all die schönen Farben entwerfen konnte«, sagte sie ehrfürchtig.

»Ich gebe dir vollkommen Recht«, sagte Wühler.

Die beiden fühlten sich in eine andere Zeit versetzt, als sie die riesigen Hallen betraten. Wenn Wühler sich ein Bild anschaute, versuchte er sich in die Gedanken der Maler hineinzuversetzen.

War die Mona Lisa in Wirklichkeit ein Mann gewesen? Was wollte da Vinci damit bezwecken? All seine Erfindungen hatten stets einen eingebauten Fehler. Er hatte insgeheim gehofft, mit seiner Philosophie über seinen Tod hinaus bekannt zu werden.

Jane reichte es, wenn sie im Leben genug hatte. Sie hatte sich bereits fast perfekt gefühlt, als sie ihre Zweiraumwohnung schön eingerichtet hatte. Zumindest war es ihr Zufluchtsort gewesen, bis sie mit Wühler in ein Haus gezogen war.

Nun konnte sie mit dem Menschen jeden Tag zusammen sein, der ihr wirklich lieb und teuer war. Dass sie jetzt mit Wühler in Paris war, war ein angenehmes Extra. Nötig war es jedoch nicht. Ihr hätte es gereicht, wenn sie mit Wühler und ihren Eltern an einem Tag wie diesem im Garten hinter dem Haus grillen könnte. Sie erinnerte sich an den Duft von in Biersoße eingelegtem Fleisch, das frisch auf den heißen Grill geworfen wird. Das Zischen und der sofortige Geruch waren unverwechselbar und nicht in Gold aufzuwiegen.

Jane hatte auf einmal Hunger. Da sie nur Kaffee zum Mittag getrunken hatte, meldete sich ihr Kreislauf, der schlagartig absackte, weil sie zu lange gestanden war. Wühler bemerkte ihr

Schwanken und konnte sie abfangen, bevor sie zu Boden sackte. Sofort scharten sich die Leute um sie und fingen an zu gaffen. Wühler wusste nur, dass man in solchen Situationen die Beine des Patienten hochlegen musste.

»Ist ein Arzt in der Nähe?«, rief er.

Niemand meldete sich.

Er versuchte es noch einmal, und schließlich drang eine zaghafte Stimme aus der gaffenden Menge. Eine hübsche zierliche Frau mit schulterlangen brünetten Haaren kämpfte sich nach vorn und kniete sich zu den beiden. Sie sprach gebrochen Deutsch und fragte Wühler was geschehen sei.

»Sie hat in letzter Zeit wenig gegessen und getrunken«, sagte Wühler besorgt und wahrheitsgemäß.

»Sie ist dehydriert und muss an den Tropf«, antwortete die Frau und zog ihr Handy aus der Tasche. Zehn Minuten später, die Wühler unendlich lange vorkamen, erschien endlich ein Sanitäter. Jane war immer noch bewusstlos und atmete flach. Der Sanitäter legte Jane die Nadel und hielt den Tropf nach oben. Allmählich kam sie wieder zu sich.

»Jane, du bist umgefallen«, sagte Wühler fast vorwurfsvoll.

»Jetzt ist alles wieder in Ordnung«, sagte der Sanitäter. »Das ist schon die Vierte heute. Sind Sie ihr Freund?«

»Ja«, antwortete Wühler.

»Dann können sie ja jetzt den Beutel in die Höhe halten. Ich bleibe hier, bis er leer ist und ziehe dann die Nadel heraus.«

Die junge Ärztin leistete dem Trio Gesellschaft. Als der Beutel leer war, zog der Sanitäter die Nadel heraus und verschwand. Von den gaffenden Besuchern, die Wühler zum größten Teil verjagt hatte, waren nur noch ein paar hartnäckige übrig geblieben, die sich vor ein nahes Gemälde stellten ohne es wirklich anzuschauen.

Die junge Ärztin hieß Monique, wie sich bei dem Gespräch herausgestellt hatte. Sie war Wühler auf den ersten Blick sympathisch gewesen.

Jane meldete sich wieder zu Wort.

»Ich hätte mehr essen und trinken sollen«, flüsterte sie schwach. »Mein Kreislauf meldet sich immer, wenn ich zu wenig Zucker zu mir nehme.«

»Dann werden wir das sofort machen«, sagte Wühler bestimmt. »Ich wollte sowieso noch den Eifelturm sehen. Monique, wollen Sie uns vielleicht begleiten?«

Jane riss die Augen auf und fand es taktlos, dass Wühler selbst bei solchen Gelegenheiten flirten musste. Doch sie sagte nichts.

»Ist Ihre Freundin da nicht eifersüchtig?«, fragte Monique auf Französisch, sodass Jane es nicht verstehen konnte.

»Sie ist nicht meine Lebensgefährtin«, antwortete Wühler und wandte sich dann an Jane. »Oder hast du etwas dagegen, wenn wir deine Retterin zum Essen einladen?«, fragte er sie auf Deutsch.

Jane wusste nicht sofort, was sie darauf sagen sollte. Wühler sah sie bittend an.

»Na gut«, antwortete sie schließlich.

Sie verließen den Louvre und fuhren mit einem Taxi zum Eifelturm. Monique hatte ein bezauberndes Lächeln, welches Wühler ihr zu entlocken versuchte, seitdem sie zum ersten Mal miteinander geredet hatten. Doch er wusste, dass man sich auf solchen Reisen auf keinen Fall verlieben durfte, weil Gefühle einen am Weiterreisen hindern würden. Doch es war schon zu spät. Er war von ihrer Art und ihren wachen blauen Augen so fasziniert, dass er sich in ihrer Gegenwart wie ein kleiner Junge verhielt, der seine neuesten Spielsachen zeigen musste. In diesem Fall war es sein Allgemeinwissen, das er ihr mitzuteilen versuchte.

Jane fühlte sich ausgeschlossen und sagte kaum etwas. Dass die beiden nun miteinander turtelten war allein ihre Schuld, deshalb konnte sie sich nicht beschweren. Zum Glück dauerte die Fahrt im Taxi nicht allzu lang. Jane konnte es nicht mehr mit ansehen, wie die beiden sich anhimmelten.

Sie schaute aus dem Fenster und sah den Eiffelturm. Er war viel größer, als sie vermutet hatte. Ein großer Park erstreckte sich um ihn herum. Die Bäume waren so ausgerichtet, dass es an mathematischer Präzision grenzte. Gegenüber befand sich das UNESCO-Gebäude.

Das Trio setzte sich in eines der zahlreichen Cafés, die sich am Rande des Parks befanden. Von hier hatte man einen wundervollen Ausblick.

Kaum zu fassen, dass das alles von Menschenhand geschaffen worden war!

Jane las eine Zeitung und versuchte die Stimmen der beiden Turteltauben zu ignorieren. Sie aß einen Salat mit gebratenem Hühnchen und trank dazu einen Multivitaminsaft, wie es Monique ihr geraten hatte.

Wühler hatte Janes Verstimmtheit durchaus bemerkt, dachte aber, dass es nicht so schlimm sein konnte, solange sie noch Ratschläge von anderen annahm. Er bestellte sich und Monique jeweils einen Kaffee. Sie bot ihm eine Zigarette an, die er dankend annahm, doch schon beim ersten Zug musste er husten. Ein Jahr hatte er schon nicht mehr geraucht und wegen einer Frau fing er nun wieder damit an. Jane hatte damals extra wegen einem Kerl aufgehört, und Wühler hatte das als Anlass genommen, ebenfalls aufzuhören.

Jane konnte es nicht fassen, ihn so zu sehen. Am liebsten würde sie Paris so schnell wie möglich wieder verlassen.

Wühler erzählte Monique von seinem bisherigen Leben. Er redete so, als ob sie sich schon Jahre kennen würden. Er verfing sich oft in ihren Augen und war dann kurz verunsichert. Monique war sich seiner Absichten sehr bewusst, doch sie hatte Angst ihren Gefühlen freien Lauf zu lassen. Sie hielten sich an den Händen und sprachen, als ob es keinen Morgen gäbe.

Monique war promivierte Psychologin und hatte sich ihr Studium hart erkämpft. Wühler bot seine ganzen Verführungskünste auf, um ihr zu imponieren, und Monique ließ ihren Gefühlen Stück für Stück freien Lauf, obwohl sie ganz genau wusste, dass es ein sinnloses Unterfangen war, sich jetzt zu verlieben.

Jane war die Einzige, die das voll und ganz erkannt hatte. Sie konnte nicht fassen, dass Wühler bei Frauen immer so erfolgreich war. Gerade bei denen, von denen er selbst wusste, dass er sie nie wieder sehen würde. Vielleicht war es aber auch gerade das, was ihn so entspannt und dadurch so anziehend machte: die Gewissheit, dass er sich nach Belieben benehmen konnte, weil die Erwartungen auf beiden Seiten ohnehin nicht hoch waren.

»Ist es hier nicht schön?«, fragte Wühler.

Bevor Monique darauf antworten konnte, presste er seine

Lippen auf ihre. Es folgte ein Kuss, der kein Ende zu nehmen schien. Schließlich drängte ihn Monique sanft zurück und nahm seine Hand.

»Das hat doch keinen Sinn«, sagte sie. »Das mit uns würde doch niemals funktionieren.«

Wühler war enttäuscht. Er hatte sich bereits verliebt. Er zögerte mit seiner Antwort und gab ihr noch einen Kuss auf die Stirn, bevor er endlich sagte: »Ich hoffe trotzdem, dass wir uns wiedersehen werden. Nach meiner Reise werde ich dich anrufen oder dir einen Brief schreiben. Du musst mir unbedingt deine Adresse oder Telefonnummer geben.«

Monique schrieb ihren Namen und ihre Anschrift auf einen Zettel, den sie vom Kellner verlangt hatte. Mittlerweile war es Abend geworden und die Sonne tauchte die Stadt in eine romantisches Licht aus Rot und Orange. Ein Mann schlenderte am Café vorbei und blieb abrupt stehen, als er Wühler sah.

»Ist er es wirklich? Ich glaub es nicht. Das ist Wühler!«, rief er aufgeregt und wies mit dem Finger auf ihren Tisch.

»Nicht mal in Paris kann man sicher sein«, murmelte Wühler. »Es tut mir Leid, Monique, aber wir müssen gehen. Ich möchte dich nicht damit belasten.«

Jane freute sich insgeheim. Besser als durch einen verrückten Fan hätten die beiden nicht voneinander getrennt werden können. Wühler gab Monique noch einen Kuss und genoss diesen letzten Augenblick. Monique schaute ihm traurig in die Augen. Sie wusste, dass sie ihn niemals wiedersehen würde, weil solch ein Mann sie schnell vergessen würde. Andere Patienten konnte sie als Psychologin von ihrer Seelenqual erlösen, doch selbst wusste sie oft nicht, wie sie mit bestimmten Situationen umgehen sollte. Sie bestellte sich eine Flasche Wein und bemitleidete sich selbst. Wühler drehte sich noch einmal aufmunternd lächelnd um, als er in das Taxi stieg, winkte und verschwand.

Als Jane und Wühler im Hotel angekommen waren, packten sie sofort ihre Sachen und verließen Paris.

»Darf ich mal fahren?«, fragte Jane.

»Warum nicht? Ich brauche sowieso erst einmal Zeit zum Nachdenken.«

Wühler schaute aus dem Fenster des Mercedes ins Leere. Er hätte die endlos scheinenden Weinplantagen und Felder bewundern können, die saftigen Wiesen, doch er sah vor seinem inneren Auge nur das Gesicht von Monique, das ihn zärtlich anlächelte.

»Wo müssen wir eigentlich lang?«, riss ihn Jane aus seinen Tagträumen.

Wühler stellte das Navigationssystem ein, erklärte ihr, dass sie einfach auf die Frauenstimme hören sollte und richtete seine Augen wieder auf den dunkler werdenden Horizont.

»Jane? Ich glaube, ich habe mich verliebt.«

Jane blickte überrascht zu ihm hinüber. Sie hatte gehört, was er gesagt hatte, doch sie fragte noch einmal nach, um sicherzugehen, dass er es wirklich ernst meinte.

»Du hast richtig gehört. Ich glaube, ich bin verliebt«, wiederholte er.

»Das kann nicht so schnell gehen. Was du liebst ist nur eine Wunschvorstellung. Selbst schuld, wenn du dir so etwas antust.«

»Ich kann es aber nicht ändern, Jane. Ich bin genauso hilflos wie jeder andere auch, der in dieser Situation ist.«

»Sei nicht traurig, das geht auch vorbei«, versuchte Jane ihn zu trösten. »Wir sind ohne Erwartungen aufgebrochen. Und jetzt? Es mag zwar grausam klingen, aber das Leben geht weiter.«

»Es hätte nicht so schnell gehen dürfen. Der bescheuerte Passant kam genau zum falschen Zeitpunkt«, entgegnete Wühler kalt.

»Was passiert ist, ist passiert«, sagte Jane. »Du redest doch immer davon, dass es keine Zufälle gibt, dass alles, was passiert, Bestimmung ist. Dein ganzes Buch handelt davon. Du musst es doch am besten wissen.«

»Das sagt sich so einfach.«

»Was hast du eigentlich erwartet? Ihr habt euch vier Stunden lang unterhalten und seid nicht auf einen Punkt gekommen. Ich habe mich die ganze Zeit gelangweilt. Ich habe mir aber gedacht, dass du selbst wissen musst, was du tust«, antwortete Jane. Sie ärgerte sich über seine Naivität.

»Vielleicht hast du ja Recht«, seufzte Wühler. »Es tut mir Leid, wenn ich dich heute vernachlässigt habe. Können wir das Thema lassen? Wir müssen nicht aus einer Mücke einen Elefanten machen. Ich habe daraus gelernt, okay?«

Jane wurde langsam müde.

Sie waren fast in Bordeaux, einem der größten Weinbaugebiete der Erde, angekommen und beschlossen dort zu übernachten. Es war unglaublich schwül, als sie aus dem Wagen stiegen. Am nächsten Tag würden sie nach Spanien reisen, nach Madrid, und waren froh um die Klimaanlage in ihrem Wagen.

Das Hotel in Bordeaux besaß auch eine Klimaanlage, die jedoch so laut war, dass sie nicht einschlafen konnten. Wühler schloss die Balkontür und ließ es in dem Zimmer richtig kalt werden. Danach schaltete er die Anlage aus und ging ins Bett.

Jane war froh Paris verlassen zu haben. Sie fand es schlimm, wie sich Wühler und Monique verhalten hatten. Die Umstände kamen ihr wie gelegen. Die Stimmung würde sich wieder bessern, wenn sie erst einmal ausgeschlafen hatten.

Wühler war aufgefallen, dass es anders roch als in Paris. Jede Umgebung hatte ihren typischen Geruch, ihm war das schon oft auf seinen Reisen aufgefallen. Großstädte rochen irgendwie überall ähnlich: nach Smog, Öl, Abgasen und Imbissbuden. In Bordeaux roch er seit Tagen zum ersten Mal auf ihrer Reise das Land, den Duft von Natur.

Jane interessierte für heute nichts weiter als das Bett. Sie war gut durch den Verkehr gekommen, und Wühler lobte sie dafür. Zufrieden schlief sie ein.

Am nächsten Morgen wachten sie rechtzeitig für das Frühstück im Hotel auf. Jane hatte aus ihrem Zusammenbruch im Louvre gelernt und aß vernünftig. Sie trank angeblich frisch gemolkene Milch, nahm sich eines der Brötchen und bestrich es mit einem herrlich zarten Frischkäse. Wühler genoss eines mit Marmelade und trank Kaffee.

»Schmeckt dir das Essen? Wie geht es dir heute?«, fragte Wühler.

»Es ist wundervoll«, antwortete Jane mit vollem Mund. »Die ganze Gegend ist so ruhig. Ich fühle mich hier fast wie zu Hause. Und wie geht es dir?«

»Na ja, es lässt sich verkraften, gestern die Liebe meines Lebens verpasst zu haben. Ich habe ja noch dich.«

»Schön das zu hören. Das mit gestern tut mir Leid für dich. Es wird auch wieder vorbeigehen.«

»Da hast du Recht. Wenn du willst, kannst du heute auch wieder fahren. Mir gefällt dein Fahrstil.«

»Wann wollen wir wieder los? Meinst du nicht, wir könnten hier noch ein bisschen spazieren gehen?«, fragte Jane.

»Von mir aus«, meinte Wühler. »Uns treibt doch nichts. Zumindest nicht wie den Verrückten gestern. Ich hoffe, der hat nicht zu viel Wind gemacht.«

Nach dem Frühstück schlenderten sie ein wenig durch die Stadt, die sich das »kleine Rom« nennt. Sie kamen an einer Allee vorbei, die mit Zypressen gesäumt war. Sie sahen aus wie zwei ganz gewöhnliche Touristen. Jane trug eine Jeans, ein lässig geschnittenes Hemd, eine Sonnenbrille und eine Schirmmütze, die sie sich in einem kleinen Laden in Bordeaux zugelegt hatte.

Wühler trug ein schwarzes enges T-Shirt und hatte die Sonnenbrille in sein Haar zurückgeschoben. Zum Glück spendeten die Zypressen den beiden den notwendigen Schatten, denn es war fast unerträglich heiß. Gegen die Mittagszeit kehrten sie ins Hotel zurück und checkten aus.

»Auf los geht's los«, sagte Jane voller Erwartung und ging auf die Fahrerseite des Mercedes.

»In der Tat«, antwortete Wühler freudestrahlend, machte ihr die Tür auf und gab ihr den Zündschlüssel.

Sie fuhren durch zauberhafte Täler und vorbei an wunderschönen Weinbergen. Am Nachmittag lag eine lähmende Hitze über dem Land.

Kurz vor der Grenze zu Spanien erreichten sie die Pyrenäen. Jane machte es Spaß, die Serpentinen rauf- und runterzufahren. Hin und wieder kamen sie durch kleine Dörfer mit beeindruckenden Kirchen. Sie nahmen bewusst nicht die Autobahn, weil im Radio mehrere Staus vorausgesagt wurden und weil die Mautgebühren teuer waren und die Warterei an den jeweiligen Stellen dazu Zeit und Geduld geraubt hätte.

Jane kam auf den kleinen Wegen gut zurecht und genoss die

Gegend. Ein Tal folgte auf das andere. Kleine Brücken führten sie über Flüsse.

Wühler rief noch einmal seine E-Mails ab. Er hatte über einhundert neue bekommen, dieses Mal schon welche aus England und Frankreich.

»Können diese Menschen nicht einmal ihren Mund halten, wenn man sie um Diskretion bittet?«, fragte er verbittert.

»So schlimm?« Jane schaute ihn von der Seite an.

»Ja, seit unserer Abreise sind über dreihundert E-Mails gekommen. Die meisten Fanpost. Ein paar meiner Kunden sind auch dabei. Die Presse hat uns auch geschrieben.«

»Du meinst *dir* geschrieben«, sagte Jane.

»Ja, und mittlerweile gehen sie mir schon gehörig auf die Nerven. Kann man denn nicht in Ruhe seinen Urlaub verbringen?«

»Du hättest ihnen Bescheid sagen sollen. Dich offiziell verabschieden!«

»Dann würde es bei weitem nicht so einen Spaß machen wiederzukommen«, grinste Wühler.

»Dann musst du damit zurechtkommen.«

Sie fuhren in den Sonnenuntergang und ließen sich von der Landschaft beeindrucken. Spanien sah ganz anders aus als Deutschland, Holland, Frankreich oder England. Irgendwie war die Landschaft von Armut geprägt. Jane wollte in dieser Gegend weder anhalten noch aussteigen. An einer Tankstelle am Straßenrand tankten sie und kauften sich Schokoriegel, die sie im Kühlschrank verstauten. Gegen Mitternacht kamen sie in Madrid an. Jane war vom Fahren erschöpft. Sie hatte sich zu viel zugemutet. Jetzt wünschte sie sich nur noch eine kalte Dusche und ein Bett.

Spanien

Wühler war dieses Mal als Erster wach. Er fühlte sich wie ein Fisch im Wasser und wollte Jane dazu bewegen endlich aufzustehen. Es war ein besonderer Tag: Seit einer Woche waren sie mittlerweile unterwegs und er freute sich, dass sie so weit gekommen waren.

»Jane, steh auf!«, forderte er sie auf.

Nach mehreren Versuchen meldete sie sich endlich zu Wort.

»Es kann doch noch gar nicht so spät sein. Lass mich noch fünf Minuten schlafen!«

»Es ist vierzehn Uhr. Wir schlafen seit mehr als zwölf Stunden. Wir haben zwar Urlaub, aber meinst du nicht, dass es genug ist?«

»Schon gut, hör auf zu nerven. Ich könnte einen Kaffee vertragen.«

Er verstand die versteckte Aufforderung. Er hatte beschlossen ihr jeden Wunsch von den Lippen abzulesen. Zumindest für diesen Tag und zumindest versuchsweise.

»Warte einen Moment. Ich bin kurz weg.«

Jane wunderte sich, warum er so freundlich war. Sie verlangte es schließlich nicht von ihm. Freunde waren dazu da, um sich auch mal gegenseitig in den Arsch zu treten, sich zu kritisieren. Das aber tat Wühler nie. Manchmal schien es, als ob er sie bedingungslos lieben würde. Bei ihr war es ebenso: Nie würde sie bemängeln, was er tat – zumindest nicht ernsthaft. Und Wühler schien alles immer genauso zu verstehen, wie sie es gemeint hatte.

Ein paar Minuten später kam er mit einem Tablett und zwei Tassen Kaffee zurück und öffnete mühsam mit einem Ellenbogen die Tür.

»So, bitteschön, ein Kaffee für dich. Ich habe mir erlaubt, mir auch einen mitzunehmen.«

»Wühler, du überrascht mich immer wieder. Dankeschön. Aber ein Frühstück wäre auch nett gewesen.«

»Ich versuche mir in deiner Gegenwart Flügel wachsen zu lassen, doch ein Hellseher bin ich leider trotz meiner philosophischen Kenntnisse nicht geworden. Ich hätte ja nicht gedacht, dass du heute mal Hunger hast«, antwortete er stichelnd.

Sie setzte sich auf und nahm einen Schluck Kaffee.

»Stimmt, ich hätte es dir sagen müssen. Muss aber nicht sein, dass du mich immer wieder aufziehst.«

»Ich habe es ja auch nicht so gemeint. Ich wollte nur, dass zwischen uns die Dinge klar sind. Deswegen antworte ich dir gegenüber immer so, wie ich in dem Moment denke. Es tut mir Leid.«

Eigentlich müsste es Wühler nicht Leid tun. Er tat das in seinen Augen einzig Richtige: die Wahrheit sagen. Ein Satz, der einmal während einer Unterhaltung im Internet gefallen war, hatte ihn geprägt: »Spinnen bedeutet nun mal leider die Wahrheit zu sagen.«

Er war der Überzeugung ein Spinner zu sein, und diese Überzeugung kam gut an bei den Lesern seiner Bücher. Man könnte sagen, dass er sich darauf spezialisiert hatte, die Wahrheit zu sagen. Jane wusste das auch.

»Es muss dir nicht Leid tun. Ich habe nur so reagiert, weil ich noch im Halbschlaf war«, sagte sie.

Wühler fühlte sich auf unerklärliche Weise geschmeichelt und drehte den Kopf zur Seite. Was war nur los mit ihm? War er doch verliebt in Jane? Nach all den Jahren der Freundschaft? Er wehrte sich gegen diesen Gedanken, verließ wortlos das Zimmer und ging erneut in den Frühstückssaal. Was sollte Jane für ihn sein? Seine beste Freundin? Seine Geliebte?

Er wusste es auf einmal selbst nicht mehr. Er nahm sich erneut ein Tablett und bestückte es mit kulinarischen Köstlichkeiten. Er dachte sich, dass es tausend andere Frauen wie Jane gab, die er haben könnte. Warum musste es ausgerechnet sie sein? Sie war sein Anker, seine Familie, sein Ein und Alles. Keine, die er nach zwei Wochen wieder in den Wind schießen könnte. Er hatte gewusst, dass diese Gedanken irgendwann einmal kommen würden, doch in dieser Heftigkeit hatte er sie nicht erwartet. Er war frustriert.

Auf dem Weg zum Hotelzimmer hielt ihn ein Page auf und erklärte irgendetwas auf Spanisch, das Wühler nicht verstand. Er wusste aber, dass man nicht einfach mit dem Essen auf sein Zimmer gehen konnte und drückte dem Pagen kurzerhand fünf Euro in die Hand, worauf dieser von ihm abließ.

Als er vor dem Zimmer ankam, überlegte er noch einmal kurz und machte dann die Tür auf. Jane war im Bad, er hörte die Dusche rauschen. Wühler stellte das Tablett auf den Tisch und schaltete den Fernseher an, der leider nur spanische Sender hatte. In einer Reportage sah er sein Bild, und irgendetwas mit Paris wurde erzählt. Er hätte niemals gedacht, dass die Medien es so weit treiben würden. Er glaubte, an keinem Platz der Erde sicher zu sein. Im Fernsehen wurde ein uraltes Foto von Jane gezeigt, das sie von Wühlers Internetseite geladen hatten. Auch wenn Wühler den Beitrag nicht verstand, war er sich sicher, dass die Medien Vermutungen über Liebesbeziehung zwischen ihnen spekulierte.

Jane machte die Badetür auf und ließ, als sie Wühler und den laufenden Fernseher sah, erschrocken das Handtuch fallen und stand nun splitternackt da, wie Gott sie schuf. Die Haare waren noch feucht und lagen eng am Kopf. Wühler schaute sie an und fühlte augenblicklich eine Erregung in der Hose. Er hatte sie noch nie nackt gesehen.

Sie kann nicht echt sein, dachte Wühler.

Janes Körper war makellos. Wie der eines Fotomodels – nein, *besser* als der eines Models. Keine Kamera würde ihn so perfekt wiedergeben können. Ein Foto war zwar eine Abbildung der Realität, doch im Grunde in nichts mit ihr zu vergleichen. Jane riss ihn aus seinem Traum.

»Was ist da los?«, fragte sie voller Zorn und wickelte sich das Handtuch wieder um den Körper.

»Es wird vermutet, dass wir zwei ein Liebespaar sind«, sagte Wühler. »Das Gleiche, was die Menschen schon immer von uns behaupten.«

Jane starrte ihn geschockt an, und Wühler versuchte sie zu beruhigen.

»Das ist doch genau das, was die Leute sowieso schon von uns denken. Lass uns weitermachen und sehen, wohin uns das führt.«

Er packte seinen Laptop aus und ging ins Internet. Seine Bücher verkauften sich auf einmal wie warme Semmeln. In dieser Woche hatte er mehr Gewinn als in den sieben Monaten davor gemacht. Sein Verlag kam mit dem Drucken nicht mehr hinterher. Alle bezeichneten sein Verschwinden als PR-Gag. Wieder waren hundert neue E-Mails eingetroffen.

»Um Geld brauchen wir uns wirklich keine Sorgen mehr zu machen«, sagte Wühler. »Ich brauche noch nicht einmal die Psychologie der Massen anzuwenden, weil es bereits andere Leute für mich machen. Der Stein wurde ins Rollen gebracht.«

»Hast du mich je gefragt, ob ich so etwas auch will?«

»Na klar«, sagte Wühler euphorisch. »Ich habe dich gefragt, ob du mitkommen möchtest. Ich dachte, du warst dir über die Konsequenzen im Klaren. Je länger wir weg sind, desto besser wird es für uns.«

»Ich finde, dass wir zurückfahren und alles klären sollten.«

»Ich dachte, wir sind zur Entspannung fortgefahren. Komm! Lass uns nicht mehr daran denken und so weitermachen wie geplant.«

»Wie geplant? Du hattest einen Plan?«

»Natürlich. Ich habe mich entschieden etwas zu tun und dachte, du würdest es verstehen und deshalb mitkommen.«

Jane gab auf sehr aggressive Weise zu verstehen, dass sie es nicht so gewollt hatte.

»Ich hasse dich.«

Sie ging ohne ein weiteres Wort zu sagen in das Bad und schloss sich ein. Wühler hörte sie durch die Tür weinen.

»Jane, du weißt doch, dass ich dich nicht verletzen wollte.«

»Was willst du noch von mir?«, schluchzte sie hinter der Tür. »Du hast mich benutzt. Ich habe dir vertraut, und jetzt denkst du, es geht munter weiter so?«

»Du verstehst das alles falsch. Ich möchte mit dem einzigen Menschen, der mir lieb und teuer ist, einfach nur eine schöne Zeit verbringen. Ich habe einen Fehler gemacht, doch bitte lass ihn mich um Himmels willen wieder gutmachen.«

Wühler redete weiter auf sie ein, bis sie nach einer halben Stunde die Tür aufmachte. Länger wäre schlecht für ihn gewesen, denn ihm waren keine weiteren Entschuldigungen mehr eingefallen. Sie nahm in einfach in den Arm und wollte nicht wieder loslassen. Da soll einer mal die Frauen verstehen.

Wortlos aß sie später das Frühstück und sah gespannt auf den Fernseher, obwohl sie kein Wort von dem verstand, was die Reporter sagten. Sie schaltete ständig erwartungsvoll um.

Wühler machte nach dem Essen den Vorschlag, sich die Stadt anzuschauen. Sie nahmen ein Taxi in das Zentrum. Schon bald wurde ihnen klar, dass es in dieser Stadt hektisch zuging. Alle zweihundert Meter stoppte eine Ampel den Verkehr. Ihnen kam es bald so vor, als würden sie ihr Ziel nie erreichen.

Die Bauten in Madrid waren eindrucksvoll. Manche »casas« waren so groß, dass sie nicht mehr als Häuser zu bezeichnen waren.

Als es Abend wurde, nahm das Treiben auf den Straßen zu. Leute drängten sich auf den Plätzen, um später einmal die vielen Diskotheken zu besuchen. Jane schmollte immer noch ein wenig, wusste aber nicht mehr richtig wieso. Die beiden waren enttäuscht davon, dass es für Touristen nicht so viel zu sehen gab. Wühler machte einen Vorschlag.

»Lass uns doch auch eine Diskothek besuchen!«

»Aber das machen wir doch schon zu Hause zur Genüge.«

»Wir sollen wieder mal etwas machen, was uns bekannt ist. Lass uns wieder Menschen sein, zumindest die, die wir gern sein möchten!«

»Wir kennen hier niemanden. Der Abend wird sicher langweilig.«

»Erst möchtest du nicht, dass jemand von uns redet, dann willst du keine Party machen? Was ist mit dir los?«

»Jetzt streu noch Salz in meine Wunde. Ich komme ja mit. Habe ich denn überhaupt eine Wahl?«

»Ja, indem du nein sagst. Wir können auch eine Flasche Wein mit zu uns aufs Hotelzimmer nehmen und dort allein sein.«

»Nein, auf keinen Fall.«

»Also hast du Lust auf Party?«, fragte Wühler.

»Irgendwie schon.«

Es wurde nicht langweilig. Sie besuchten eine – wie ihnen der Taxifahrer versicherte – der bekanntesten Diskotheken der Stadt. Vor dem Eingang standen die Leute Schlange, um hineinzukommen. Wühler fand die spanischen Frauen sehr attraktiv. Die Stadt schien erst in der Nacht richtig aufzublühen.

Diskotheken hatten Jane und Wühler seit jeher angezogen wie Motten das Licht. Hier konnte man »cool« sein. Das künstliche Licht und die laute Musik machten den Menschen zu einem willenlosen Werkzeug. Zu Hause sterben die meisten Leute. In der Disko merkt man, dass man noch lebt.

Jane hatte es vermisst, Wühler auch. Warum konnte nicht die ganze Welt aus Disko bestehen?

Weil Jane so hübsch war, ließ der Türsteher die beiden ohne Umstände hinein. Jane wurde sich langsam bewusst, dass Wühler von ihr sehr oft profitierte. Klagen darüber wollte sie aber nicht – solange er sie als Mensch und Mitarbeiterin respektiert. Doch im Grunde wusste sie, dass Wühler ohne sie nichts wäre. Eigentlich sagt er es auch oft genug.

»Ich freue mich schon richtig, endlich tanzen zu können. Du dich auch?«, fragte Wühler.

»Irgendwie schon. Es tut mir Leid, dass ich dich vorhin so angefahren habe. Wir trinken erst mal ordentlich einen, okay?«

»Wie du willst. Wir sind eh mit dem Taxi unterwegs.«

Sie tranken zwei Whisky Cola, bevor sie sich zum ersten Mal auf die Tanzfläche trauten. Die Spanier tanzten mit so viel Liebe und Hingabe, dass Jane und Wühler gar nicht auffielen. Hier gab es bedeutend mehr hübsche Menschen als in Deutschland. Wühler vermisste das, was ihn früher aufgeregt hatte. Hier sprang ihm keine Traube Mädchen hinterher und starrt ununterbrochen auf seinen Hintern.

Jane kam sich mit ihrer Jeans irgendwie deplatziert vor. Die anderen Frauen trugen hauptsächlich Röcke, lange und kurze. Manche waren so kurz, dass man sie nur noch als Gürtel bezeichnen konnte. Das Publikum schien älter zu sein als in einer normalen deutschen Diskothek. Vielleicht war es in Spanien üblich, dass Jugendliche erst ab achtzehn in die Disko gingen.

Die Tanzfläche war voll. Das dichte Gedränge, die vielen Leute, ein herrliches Gefühl. Jeder Einzelne ging in der Masse unter und verschmolz mit ihr.

Wühler fühlte sich wohl und tanzte mit Jane wie gewohnt, um Spaß zu haben. Manchmal mit seinem Rücken an ihrem, manchmal dicht hinter ihr. Sie schauten sich nie dabei wirklich an, wussten jedoch, dass der andere da war, so wie es zu Hause in Deutschland auch immer war. Sie könnten nie einen Showtanz aufführen. Sobald Leute sie dabei beobachteten, fühlten sie sich, als ob ihr Hintern tonnenschwer geworden war. Am schönsten war es, wenn niemand sie beobachtete, die Masse im Augenwinkel verschwand und sie sich vorstellten, die Einzigen zu sein, die die Welt verstanden hatten

»Ich muss aufs Klo«, sagte Jane auf einmal.

»Soll ich mitkommen?«, fragte Wühler wie gewohnt.

Er ging häufig mit und wartete dann vor der Tür, damit sie sich im Anschluss nicht ewig suchen mussten. Manchmal wünschte Jane sich, dass Wühler eine Frau wäre und sich mit ihr auf der Toilette über irgendwelche Dinge unterhalten konnte, so wie es beste Freundinnen nun einmal tun.

Wenn Frauen von einem gemeinsamen Toilettenbesuch wiederkamen, wirkten sie entspannt, als ob ihnen eine tonnenschwere Bürde abgenommen worden war. Wenn Frauen miteinander das stille Örtchen aufsuchten, fragten sie einander um Rat, fragten, was sie in bestimmten Situationen machen sollen oder ob sie noch gut aussahen. Zumindest glaubte Wühler das. Der Toilettengang diente nicht nur dem Erleichtern der Blase und dem Überprüfen des Make-ups, er war auch eine psychologische Beratungsstunde von Frauen für Frauen – wenn wieder einmal Entscheidungskraft fehlte.

Jane kam schnell wieder heraus und fragte Wühler: »Na, wie sehe ich aus?«

»Ich habe gewusst, dass dieser Satz kommen wird. Du darfst mich nicht fragen. Ich bin keine Frau, die dir neidisch Bestätigung geben soll.«

»Dann nicht. Gehen wir etwas trinken?«

Sie gingen an die Bar, bestellten sich Weißwein und tranken

und tanzten bis in den frühen Morgen. Wühler wurde müde und fragte Jane, wann sie endlich wieder ins Hotel gehen würden. Sie trank aus und verließ mit ihm die Diskothek. Es war ein toller Abend gewesen, von dem sie noch lange schwärmen würde.

Bevor sie ins Bett gingen, hängte Wühler die verqualmten Klamotten zum Lüften auf den Balkon, während Jane sich duschte. Als Jane aus dem Bad kam, duschte Wühler. Fast wäre er unter dem warmen Wasserstrahl eingeschlafen. Das Reisen zerrte ganz schön an seinen Kräften. Am nächsten Tag wollten sie in Richtung Gibraltar aufbrechen, um von Spanien noch etwas anderes zu sehen als die Großstadt.

Schon ganz früh am nächsten Morgen war es sehr heiß. Wühler konnte nicht mehr schlafen und weckte Jane. Sie könne sich im Auto ausruhen, sagte er, er würde fahren.

Wenig später standen sie im Stau auf einer vierspurigen Schnellstraße. Das Navigationssystem half auch nicht weiter, denn überall schien der Verkehr zum Erliegen gekommen sein. Jane schlief fast die ganze Fahrt. Wühler fuhr durch entlegene Orte, in denen Kinder auf abgetretenen Plätzen Fußball spielten. Dort würde nie mehr Gras wachsen. Und der Ball war so zerledert, dass ihn Wühler längst gegen einen Neuen ausgetauscht hätte. Außerhalb der Touristenhochburgen zeigte sich Spanien arm und trüb. Die Menschen schienen nicht einmal Geld zu haben, um ihre Kinder ordentlich anzuziehen. Eine Mittelschicht schien nicht vorhanden. Entweder man lebte auf dem Dorf und war arm oder man lebte in der Stadt und war reich – reich zu sein bedeutete in Spanien so viel zu haben wie in Deutschland ein Angehöriger des ständig schwindenden Mittelstands.

Trotzdem war Wühler erstaunt darüber, mit welch einer Begeisterung diese Kinder Fußball spielten.

Wenn man jung ist, hat man noch keine Sorgen, dachte er.

Wühler konnte sich nicht daran erinnern, wann er das letzte Mal mit einer solchen Begeisterung etwas getan hatte. Er träumte oft davon, noch einmal ein Kind zu sein. Man konnte einen Haufen Blödsinn anstellen und sich an den einfachsten Dingen erfreuen – wenn man kein verzogenes Kind war.

Als er mit dem Mercedes durch das Dorf fuhr, drehten sich die Kinder nach dem auffälligen Auto um. Sie hatten ein strahlendes Lächeln auf den Gesichtern und winkten ohne zu wissen warum.

Wühler konnte sich noch ungenau daran erinnern, wie er von russischen Soldaten Schokolade bekommen hatte, als diese in den Zeiten des Kalten Kriegs sein Land besetzt hatten. Er freute sich jedes Mal wie ein Schneekönig und winkte mit seinen Freunden immer den vorbeifahrenden Kolonnen hinterher. Die Soldaten mussten sich wie Befreier gefühlt haben. Doch jeder deutsche Bürger wusste, dass nach dem Zweiten Weltkrieg Soldaten aus vier verschiedenen Ländern das Land aufgeteilt und besetzt hatten. Die Bürger des Ostens fühlten sich gefangen, doch kamen sie mit dem aus, was sie hatten. Einige waren bis heute noch stolz darauf, dass ihre Wirtschaft – die in Wirklichkeit gar keine war – so gut funktioniert hatte. Wühler regt es auf, wenn man heute noch vom »Osten« und »Westen« erzählt, als ob die Mauer noch existieren würde.

Damals kämpfte der Soldat aus dem Osten gegen den bösen aus dem Westen. Auf der Gegenseite dachte man genauso.

Soldaten sind nichts weiter als Angestellte eines Systems, die geschworen haben, für ihr Land zu kämpfen. Wühler war selbst vier Jahre lang ein Soldat gewesen. Er hatte nichts weiter für sein Land getan. Er hatte sich insgeheim geschämt, jeden Monat einen fetten Gehaltsschein für sinnlose Sachen zu bekommen. Die allgemeine Wehrpflicht kam ihm genauso sinnlos vor, seiner Meinung nach sollte sie in Friedenszeiten nicht bestehen. Was für eine Verschwendung von Steuergeldern. Tatsache war, dass Deutschland schwach war und alles dafür tat, um den Anschein zu erwecken, sich alles leisten zu können. Jedes Land möchte Macht zeigen, problematisch wird es, wenn es dafür mehr Geld ausgibt, als es in die Sozialleistungen investiert.

Als Wühler noch einmal an die Kinder dachte, kamen bei ihm väterliche Gefühle auf. Er wünschte sich auch so sehr ein Kind. Elterliche Fürsorge bedeutete aber auch sich festzulegen, sich Sorgen zu machen über die Zukunft und die Gesundheit des Kindes. Man sollte dem Kind eine Heimat geben können, wo es sich wohl fühlt und sicher aufwächst. Es würde alles nicht einfach werden. Sein Stiefvater war bei der Nationalen Volksarmee gewesen und musste ständig umziehen. Wühler hatte ständig neue Freunde kennen gelernt und alte vergessen. Als er selbst ein Soldat war, ging es in dieser Tour weiter: Er lernte neue Freunde in Bayern kennen und verlor gleichzeitig seine große Liebe in Thüringen, der er bis heute nachtrauerte. Als er einmal Wache stand, las er einen Spruch, der mit einem dicken Filzstift auf die Wand des Wachhäuschens geschrieben worden war. Wühler konnte sich nicht nur ein wenig damit identifizieren, sondern voll und ganz:

»Die Armee kostete mich:
- Tausende Liter Kraftstoff
- einhundert Kästen Bier
- vierzigtausend Zigaretten
- eintausendsechshundert Tage meines Lebens
- circa eintausend Haare und
- die Liebe meines Lebens
Armee, ich danke dir.

Ein unbekannter Soldat, der an einem warmen Freitag im Sommer Wache schieben musste.«

Mit seiner damaligen Freundin hatte sich Wühler Kinder gut vorstellen können.

Mittlerweile fuhr er über eine Bergkette und kam nach fünf Stunden Fahrt endlich am Ende von Europa an. Jane wachte auf und sah das Meer.

Sie waren auf einer verhältnismäßig schmalen Halbinsel, auf der sich ein Hafen erstreckte. Von einer Anhöhe aus blickten sie nach Afrika. Das Wetter war klar, und das Meer brachte eine kühle Brise mit. Der Ausblick war so wunderschön, dass es beiden die Sprache verschlug. Jane und Wühler machten auf dem kleinen Berg ein Picknick und sahen zu, wie Schiffe Richtung Afrika fuhren oder von dorther kamen. Wühler schlug sich den Bauch voll und fragte mit vollem Mund, ob sie heute hier bleiben sollten.

»Wie wäre es, wenn ich jetzt fahren würde?«, erwiderte Jane. »Ich habe jetzt totale Reiselust. Hier gibt es eine Straße, die direkt an der Costa del Sol entlanggeht.«

»Traust du dir das auch zu? Wir haben heute schon einige Kilometer hinter uns und sieh dir diesen Ausblick an. Nun sind wir auf weit weg von nah dran. Die Hälfte haben wir hinter uns und liegen gut in der Zeit.«

»Die Hälfte? Es ist schon komisch, bei einer Reise ohne bestimmtes Ziel von der Hälfte zu sprechen.«

»Jeder Urlaub muss auch irgendwann wieder ein Ende haben. Davor haben wir noch ein großes Ziel vor uns: Ich möchte unbedingt Rom sehen. Mittlerweile habe ich auch ein wenig Heimweh. Findest du nicht, dass irgendwann einmal mit allem Schluss sein muss?«

»Eigentlich nicht«, entgegnete Jane »Aber wenn du willst. Rom klingt gut. Es ist aber höllisch weit noch bis dort.«

»Da muss man durch wie ein Lurch, wenn man ein Frosch werden will.«

»Na ja, dann lass uns keine Zeit verschwenden. Ich habe Fahrriemen.«

Nach dem Picknick fuhren sie weiter. Wühler hatte so viel gegessen, dass er durch das monotone Fahren schnell müde wurde. Als er die Augen wieder aufmachte, waren sie in der Nähe von Barcelona. Jane hatte unterwegs oft: »Schau mal hier!« und: »Schau mal dort« gesagt, doch Wühler fand, dass man sich an schönen Dingen auch satt sehen konnte. Auf der linken Seite waren Berge, auf der rechten das Meer.

Sie beschlossen, eine Nacht in Barcelona zu bleiben und am nächsten Tag gleich weiterzureisen. Jane war so müde, dass sie sogar auf das Zähneputzen und Duschen verzichtete, sich in ihren Kleidern auf das Bett legte und sofort einschlief. Wühler blieb noch eine Weile wach und setzte sich auf den Balkon, um dem nächtlichen Treiben von Barcelona zuzusehen. Sie mussten unbedingt wieder einen gemeinsamen Schlafrhythmus finden, sonst würde die Reise zu schnell vorbei sein. Ein paar Stunden später zog er sich aus und legte sich auch hin. Er war sich bewusst, einen wundervollen Abend zu verpassen. Gerne hätte er noch etwas unternommen, aber er zwang sich zum Schlafen, obwohl er nicht müde war.

Jane stand schon um neun auf und machte sich zurecht. Wühler mussten in der Nacht schreckliche Träume heimgesucht haben, denn er hatte sehr häufig gezuckt. Gestern während der Fahrt schien ihm alles egal gewesen zu sein, weswegen er den größten Teil geschlafen hatte. Sie überlegte. Was ging bloß in seinem Kopf vor? Hatte er das Reisen bereits satt und litt an Heimweh? War ihm seine Ex-Freundin wieder durch den Kopf gegangen? Er musste es ihr nicht erzählen.

»Hauptsache, heute hat er bessere Laune als gestern, sonst verliere ich auch noch die Lust«, murmelte Jane.

Dieses Mal hatte sie ihm das Frühstück ans Bett gebracht und weckte ihn ganz sanft, indem sie ihm eine dampfende Tasse Kaffee unter die Nase hielt. Wühler machte ganz langsam die Augen auf und streckte sich. Beinahe hätte er Jane das Tablett aus der Hand geschlagen.

»Pass doch auf!«, sagte sie.

»Entschuldigung, ich habe nicht gewusst, dass du mich überraschen willst. Das ist aber lieb von dir.«

Sie frühstückten im Bett. Jane setzte sich noch einmal dazu und nahm sich ein Brötchen. Ab und zu kleckerten sie auf das Bett oder ließen ein paar Krümel fallen. Das Zimmermädchen würde sich schon darum kümmern. Sie würden weg sein, bevor es kommen und das Zimmer auf Vordermann bringen würde.

»Wohin soll es heute gehen?«, fragte Jane.

»Nach Marseille, mein Schatz. Ich hoffe, noch vor dem Abend dort zu sein. Ich war mal zwei Wochen mit meinen Eltern dort und es hat mir sehr gut dort gefallen.«

»Also wieder Frankreich?«

»Lässt sich wohl nicht vermeiden. Aber weiter sollten wir heute nicht fahren.«

Nach dem Frühstück brachen sie auf. Bereits gegen fünfzehn Uhr erreichten sie Marseille. Sie hatten die Autobahn genommen, obwohl ihnen die Mautstellen, die sie alle dreißig Kilometer stoppten, Zeit und Nerven raubten.

Sie legten sich ein wenig an den Strand und genossen die Nachmittagssonne. Einen reinen Strandurlaub hätte sich Wühler auch vorstellen können. Vielleicht würde er mit Jane nach der Heimkehr gleich eine Flugreise buchen, um Urlaub vom Urlaub zu machen. Sie hatten es dringend nötig.

Das Wetter meinte es schon die ganze Zeit gut mit ihnen. Die Sonne strahlte so stark, dass es ohne Sonnencreme unvorstellbar war. Als sie vom Baden genug hatten, setzten sie sich in ein Café. Wühler bestellte sich ein Steak, das so wenig durchgebraten war, dass ihm bei den ersten Bissen das Blut an den Mundwinkeln hinunterlief. Es schmeckte köstlich. Jane widerte es ein wenig an, dass Kerle manchmal so barbarisch sein können. Bei ihr musste das Auge stets mitessen und so ein blutiges Stück Fleisch zu essen war für sie unvorstellbar.

Als Wühler ihr einen Happen anbot, lehnte sie ab und drehte den Kopf angewidert in eine andere Richtung.

»Koste doch mal. Ich wette, du hast so etwas noch nie probiert.«

»Ich habe auch keine Lust dazu.«

Nebenan saß ein Mann, der Austern schlürfte. Jane fand Frankreich sonderlich. So etwas würde bei ihr zu Hause nie auf den Tisch kommen. Eine Auster zu schlürfen war für sie wie Sperma schlucken zu müssen. Einfach ekelhaft.

In Marseille gab es ein Hotel, das die Form eines Schiffes hatte. Es lag direkt am Hafen, den man von den Balkonen aus überblicken konnte. Hier roch es zwar nach Fisch, doch es gefiel ihnen auf Anhieb, und sie buchten ein Doppelzimmer für eine Nacht.

Das Flair des alten Hafens war beeindruckend. Unzählige Segelboote lagen hier vor Anker. Restaurants, Cafés und Mopeds erstreckten sich, so weit das Auge reichen konnte. Diese Hafenmetropole war nicht mit Hamburg zu vergleichen. Hier ging es darum, einen Lebensstil zu zeigen und zu halten.

Frankreich war so gemütlich, wie sie sich es immer vorgestellt hatten. Gott muss sich in Frankreich wirklich wohl fühlen.

Wühler tat es jedenfalls. Er konnte diesem Land viel Sympathie abgewinnen. Jane fand es einfach nur schön überhaupt hier zu sein. Sie musste nicht unzählige Dinge hineininterpretieren, um etwas schön zu finden.

Sie saßen noch bis zum Abend in einem Café und unterhielten sich darüber, was sie bis jetzt erlebt hatten. Irgendwann bat sie der Keller zu bedenken, dass auch er einmal Feierabend machen wolle. Wühler schaute auf seine Uhr und sah, dass es bereits ein Uhr war.

Am nächsten Tag wollten sie schon in Rom sein, also mussten sie früh aufstehen. Obwohl er eigentlich keine Lust mehr hatte weiterzureisen, trieb ihn irgendetwas dorthin. Unterwegs würden sie in Pisa anhalten, um sich den schiefen Turm anzusehen. Spät am Abend würden sie Rom erreicht haben und sich dort erst einmal ein paar Tage entspannen.

Zwar könnte er, wenn er wollte, in zwei Tagen wieder zu Hause sein, doch dazu hatte er noch weniger Lust. Sie gingen zurück ins Hotel und legten sich schlafen.

Am nächsten Morgen wachte Wühler zuerst auf. Er machte sich Sorgen, weil das Reisen irgendwie langweilig geworden war. Vielleicht wäre es doch besser, wenn sie jetzt schon nach Hause fahren würden. Sollten sie wirklich noch Rom durchziehen? Sie waren zu weit gekommen, um jetzt kurz vor dem Ziel aufzuhören. Er wollte schon immer in die »ewige Stadt«. Aber die Gespräche zwischen ihm und Jane waren nicht mehr wir früher, als sie sich wie gewohnt nur zweimal die Woche unterhalten hatten.

Er bemerkte, dass sie wie ein altes Ehepaar aufeinander hockten. Das war schon immer der Grund gewesen, warum er mit Frauen Schluss gemacht hatte. Sie waren nun fast zwei Wochen zusammen unterwegs, und mittlerweile hatte der eine bereits die Eigenarten des anderen übernommen.

Das darf nicht sein, dachte Wühler sich, während Jane im gleichen Moment die Augen aufmachte. Er merkte nicht gleich, dass sie offen waren, obwohl er direkt in ihre Richtung geschaut hatte, doch nun verfingen sich seine Augen in den ihren.

Sie schaute ihn fragend an und wusste nicht, was er von ihr wollte. Sie küsste ihn auf die Wange, wie man einen Freund begrüßt, den man lange nicht mehr gesehen hat. Ein freundschaftlicher Kuss eben.

»Wann denkst du werden wir in Rom sein?«, fragte sie.

»Ich weiß es nicht, hab noch nicht einmal auf die Uhr geschaut.«

Am liebsten würde er jetzt auch ewig liegen bleiben. Er hätte es schön gefunden, wenn sie noch ein wenig schlafen würde. Er hatte gemerkt, dass er ihr gern beim Schlafen zusah. Sie wirkte so friedlich im Bett, als wäre sie in Watte eingepackt.

Jane drehte sich um und schaute auf die Uhr. Es war gerade einmal acht Uhr. Ihre Schlafphasen schienen kürzer zu werden. Mittlerweile hatte sie sich an die Anstrengungen des Fahrens gewöhnt. Wühler schien auch schon ewig bei ihr zu sein. Und ihr gefiel das unverändert. Sie genoss seine Anwesenheit. Er war zwar sehr intelligent, doch sie hatte auch das Gefühl, einen völlig normalen Menschen vor sich zu haben, vor dem sie keine Angst zu haben brauchte. Sie vertraute ihm bedingungslos. Er hatte noch nie schlecht über sie geredet. Jane fragte sich wirklich, warum er schon so lange solo war. Sie konnte es nicht verstehen, dass sich die Frauen bei ihm keine Mühe gaben. Er sagte zu jeder, die er kennen lernte, dass er lange allein war und dass er sich an die neuen Umstände, die Zweisamkeit, erst gewöhnen müsse. Und er war jederzeit bereit dazu gewesen, den Frauen, die er in den Wind geschossen hatte, erneut eine Chance zu geben. Das Schlimme war, dass es jede wert gewesen wäre. Er hatte immer so liebe Menschen um sich herum gehabt, doch sie hatten sich immer gleich verletzt gefühlt. Hatte Wühler etwas Falsches gemacht, bekam er keine Chance, etwas wieder gutzumachen. Er sah gut aus, konnte präzise denken, war erfolgreich, aber hatte ein Problem: Er verliebte sich zu schnell und wurde deshalb immer wieder enttäuscht. Da konnte er noch so viel Geld verdienen – mit diesem Problem musste er allein fertig werden. Klar könnte er sich damit zufrieden geben, eine Frau zu angeln, die nur auf seinen Besitz scharf war, doch das würde ihn nicht glücklich machen. Er hätte zwar Kontrolle über sie, aber das war es nicht, was er mit einer Beziehung bezwecken wollte. Wühler war schon eine ganze Weile allein, und Jane tat es Leid, dass er so darunter litt.

Es war wie eine Krankheit. In emotionaler Hinsicht war Wühler leer. Irgendwann hatte er erkannt, dass alles leichter wird, wenn man sich zwang nicht mehr zu leiden. Eine monotone Welle des Glückes machte sich breit, bis man wirklich verlernte, was Leid eigentlich heißt. Früher hieß dieses Leiden sich ständig streiten. Damit verbunden war aber auch immer wieder das Versöhnen. So etwas hatte Wühler schon seit Jahren nicht mehr erlebt.

Frauen waren ihm alle egal geworden. Keine von ihnen konnte das ersetzen, was er einmal von einem Mädchen bekommen hatte, das es für selbstverständlich hielt mit ihm zusammen zu sein. Damals war er ein Nichts gewesen und hatte keine großen Gedanken an die Zukunft verschwendet. Sie liebte ihn trotzdem, ohne daran zu denken, wie viele Mädchen er vor ihr gehabt hatte. Sie hatte ihn bedingungslos geliebt, was ihn in gewisser Hinsicht abhängig gemacht hatte.

Kein Außenstehender ahnte, dass es so schlecht um Wühler bestellt war. Er war heute noch am Boden zerstört, weil ihm so etwas bisher niemand mehr hatte geben können.

Wühler nahm sich den ganzen Tag Zeit, um nach Rom zu kommen. Sie fuhren eine Weile am Mittelmeer entlang und sahen viele Städte, die sie ohne diese Reise niemals gesehen hätten. Kurz hinter Marseille kam Cannes, wo die Stars und Sternchen der Filmszene sich einmal im Jahr trafen und schön aussahen.

Wühler hielt nicht viel von der Filmbranche. Seiner Meinung nach vermittelten die Filme von heute viel zu wenig Sinn. Tot geglaubte Comicsuperhelden standen wieder auf, altbekannte Liebesgeschichten wurden zum wiederholten Male aufpoliert, Horror verkam zur Selbstdarstellung irgendwelcher naiver Teen-ageridole. Es wurde einfach irgendetwas schnell auf den Markt geworfen, damit der Konsument und seine Fresssucht zufrie-den gestellt wurden. Große Produktionen sackten ihre Kohle ein, bevor die nichtigen Machwerke sang- und klanglos wieder untergingen.

Man schrieb schon längst nicht mehr das Informationszeitalter. Es war das Zeitalter der Überinformation. Bevor ein Gedanke reifen konnte, kam schon der nächste, darauf wieder einer, und so ging es munter weiter. Am Ende wusste man gar nicht mehr, was man dem Menschen eigentlich vermitteln wollte.

So lief es nicht nur in der Filmebranche. So lief es überall. Wühler konnte sich noch an Zeiten erinnern, in denen er bis zu vierzig Mal denselben Film angesehen hatte und immer wieder davon fasziniert war. Seine kleine DVD-Sammlung enthielt nur sorgsam ausgesuchte Filme, die erst etwas vermitteln, wenn man sie mehrmals angesehen hatte.

Selbst wenn er noch so viel Geld in der Tasche hätte, würde er für Schrott keinen Pfennig ausgeben. Und Fernsehen war in seinen Augen nun einmal Schrott. Deswegen hatte er auch keinen Fernseher. Fernsehen würde Zeit kosten, Zeit, die er für wesentlich wichtigere Dinge brauchen konnte. Außerdem machte Fernsehen stumpf und lähmte die Gedanken, die sein größtes Kapital waren. Es gab Leute, die ihn dafür verehrten. Wenn er sich vor einem Fernseher setzen würde, würde er sich verraten und genau das tun, was er zuvor kritisiert. Fernsehen verklebte die Gehirne der Menschen. Die Werbung degradierte den Menschen zum willenlosen Konsumenten. Der freie Wille zu entscheiden war nur eine Illusion. Es gab immer mindestens fünf Prozent, die sich von den bunten Bildern und den dadurch erzeugten Emotionen täuschen ließen: Kaufen Sie diesen Joghurt, dann fühlen Sie sich besser, diese Zahnpasta macht Ihre Zähne weißer und lässt Sie den ganzen Tag lächeln und neue Leute kennen lernen. Alles nur Illusion. Man könnte auch so lächelnd durch den Tag gehen, nur würde sich dann jeder fragen, warum dieser Blödmann sich so freute …

Rom

Eintausendfünfhundert Kilometer fuhren sie bereits an der Mittelmeerküste entlang. Cannes, Monte Carlo, Nizza, Genua, Lucca, Pisa. Von allen Orten hatten sie schon einmal gehört. Nun konnten sie auch behaupten, einmal dort gewesen zu sein. Das Kuriose war, dass sie alle Städte an einem Tag sahen.

Als sie in Pisa ankamen, war es bereits Nachmittag.

»Der berühmte Turm sieht gar nicht so toll aus«, entschied Wühler kurzerhand. »Lass uns etwas essen und weiterfahren.«

Er fühlte sich übersättigt von all den Sehenswürdigkeiten und musste nicht mehr alles mit eigenen Augen sehen. Zwar konnte ein Foto nie die Realität ersetzen, aber mittlerweile war das ständige Betrachten von Sehenswürdigkeiten genauso langweilig geworden wie das endlose Betrachten eines fremden Fotoalbums, dessen Besitzer ununterbrochen prahlt, wo er schon überall war, und zu jedem Foto eine detaillierte Erklärung abgibt.

Jane betrachtete den Turm vom Auto aus und stimmte Wühler zu.

»Lass uns nach Rom fahren«, sagte sie.

Sie erreichten die ewige Stadt bei Sonnenuntergang und parkten den Mercedes noch weit vor dem Zentrum. Sie nahmen das Auto nicht mit dorthin, weil die italienischen Autofahrer ihnen zu riskant und rasant fuhren. In den Augen der Italiener war ein Wagen ohne Beulen scheinbar kein richtiger Wagen. Es kam Jane und Wühler zumindest so vor, weil sie unterwegs kaum ein Auto ohne Schramme gesehen hatten.

Dieses Schicksal wollte Wühler seinem Mercedes ersparen. Das Auto hatte die beiden so weit gefahren, deswegen würde Wühler sich schwarz ärgern, wenn es jetzt am Ende einen Kratzer abbekommen würde.

Rom war riesig. Sie konnten nur schätzen wie riesig. Allein

die Innenstadt erstreckte sich über fünf Kilometer. Die Gebäude waren zwar nicht hoch, doch imposant in ihrer Bauweise. Wer denkt, der Louvre sei bereits ein großes Museum, der hat Rom noch nicht gesehen. Rom *ist* ein einziges Museum.

»Boah, ist das geil hier«, sagte Wühler bei dem Anblick. »Wenn man bedenkt, dass viele dieser Gebäude älter als zweitausend Jahre sind.«

»Stimmt«, sagte Jane. Sie konnte die Augen nicht von der Stadt wenden.

Sie bestellten sich ein Taxi, um sich alles aus der Nähe anzusehen. Fast von überall aus konnte man den Petersdom sehen. Es war bewundernswert, wie alles aufgebaut war.

Wühler kaufte eine Broschüre mit Touristeninformationen und suchte darin nach einem Hotel. Bevor sie dorthin fahren würden, wollte er aber noch etwas unternehmen. Zwar waren sie von der anstrengenden Fahrt müde, doch diese Stadt ließ einen nicht schlafen, bevor man sie erkundet hatte.

Jane, die eigentlich schrecklich erschöpft war, ließ sich dazu überreden, noch wenigstens einen Kaffee am Pantheon, dem »Tempel der Götter« zu trinken.

Rom war durch den Größenwahn vieler Herrscher erschaffen und ausgeweitet worden. Über die Jahrhunderte war ein prunkvolles Gebäude nach dem anderen herangewachsen, und fast jedes einzelne bewies, wie mächtig das Römische Reich einmal gewesen war. Inzwischen war der Vatikan das letzte Gebäude, von dem aus wirklich weltweite Macht ausging.

Nach Wühlers Ansicht war die christliche Religion ein Konglomerat aus vielen verschiedenen. Und Jesus hatte er immer schon für einen Anarchisten gehalten. Jemanden, der frei lebte und niemandem schadete. Er sagte seinen Eltern, dass er keine Familie gründen und kein Zimmermann werden wolle. Er wolle viel lieber die Welt mit den eigenen Augen sehen. Erst als andere Leute darin einen Sinn sahen, folgten sie ihm. Jesus wurde vom einfachen Wanderer zum Messias gemacht, ohne dass er es wollte. Seine Predigten waren eher Binsenwahrheiten. Kinder spielten heute noch stille Post und überlieferten sich flüsternd etwas ins Ohr. Meistens kam etwas völlig anderes heraus, als am

Anfang eigentlich gesagt wurde. Als Jesus' Anhängerschar zu groß geworden war, stellte sie für die römischen Besatzer eine Gefahr da – und er musste dafür gerade stehen. Wühler hatte diese Geschichte etwas gelehrt. »Wenn man einmal ungewollt Macht bekommt, kommen andere, um sie dir wegzunehmen. Spiele nicht mit dem, von dem du keine Ahnung hast!«

Als er seine Version der Geschichte erzählte, staunte Jane immer mehr. Wühler konnte seine Auffassungen so überzeugend wiedergeben, dass sie glaubwürdiger klangen als die seit Jahrhunderten aufgestellten Theorien.

»Wie kommst du immer auf so etwas?«, fragte sie wie so oft. »Keiner außer dir kommt von allein auf solche Themen.«

»Glaubst du an Bestimmung?«, fragte Wühler ganz plötzlich.

»Nein, ich denke mein Leben selbst in der Hand zu haben.«

»Glaubst du an Schicksal?«

»Ein wenig.«

Wühler schlürfte seinen Kaffee, dann fing er an zu philosophieren.

»Dann glaubst du auch an die Bestimmung. Der freie Wille ist eine wunderschöne Illusion, aber je mehr ich über ihn in Büchern forsche, desto mehr Kausalitäten entdecke ich. Irgendetwas ist geschehen, worauf etwas anderes passiert. Manchmal spielt der Zufall sein Spiel mit uns, doch ich nenne es Chaos, welches nach Einstein auch nur eine Form von Kausalität ist, doch der Rahmen dafür ist so groß, dass der Mensch ihn mit seinem Verstand nicht zu fassen bekommt. Mir fällt immer häufiger auf, dass du mein Buch nicht gelesen hast.«

Jane wurde rot.

»Na ja, deine Themen waren mir im zweiten Kapitel schon zu kompliziert«, sagte sie vorsichtig. »Bis zu ›Zufall‹ und ›Religion‹ bin ich noch nie gekommen. Und wenn, dann hätte ich es mir auch nicht merken können.«

»Ich mache dir doch keinen Vorwurf. Mein letzter Satz in diesem Buch war: ›Letztendlich kam ich zu dem Schluss, dass man zum Leben nicht überlegen muss.‹ Ich glaube, die wenigsten kamen bis zu dieser Stelle. Ich wollte mit dem Buch nur Geld verdienen, um diese Reise machen zu können. Das nenne ich

Bestimmung. Meine Bestimmung ist es, immer etwas anderes zu sagen, als man erwartet hätte, sowie es deine Bestimmung ist, mit mir heute hier zu sein.«

»Und wenn wir uns nie kennen gelernt hätten?«, fragte Jane.

»Dann wären wir heute nicht hier, keiner von uns.«

Jane schien zu überlegen. Wühler sagte, dass sie sich darüber keinen Kopf machen solle. Sie solle einfach das Leben genießen.

Sie gingen in den wunderschönen Straßen bis zur Spanischen Treppe spazieren. Die Bewegung tat ihnen gut. Er bot Jane seinen Arm an und sie nahm ihn dankend an.

Rom war unglaublich. Sie würde noch viele Götter überleben. Sie war einfach ewig. Sie sahen altrömische Statuen neben ägyptischen Denkmälern, griechische Säulen wie bei der Akropolis und verschiedene reich verzierte Brunnen. Jane und Wühler verliebten sich allmählich in diese Stadt. Sie konnten sich durchaus vorstellen, hier einmal zu leben.

Auf der Spanischen Treppe setzten sie sich auf die dreiundzwanzigste Stufe.

»Rom ist unbestechlich«, sagte Wühler. »Ich verstehe, warum die Italiener so stolz auf ihre Stadt sind. So viele Verzierungen, so viel verarbeiteter Marmor, so viel Gold, Silber, Messing, diese ganzen Statussymbole zeugen von Macht.«

»Jetzt versuch doch einfach dich zu entspannen. Schau dir die Leute an. Sie machen alle einen entspannten Ausdruck. Du hingegen wirkst so aufgeregt.«

»Entschuldigung. Ich möchte dir ja nur meine Eindrücke mitteilen.«

»Dann wären wir ja morgen noch nicht fertig. Lass uns einfach mal hier sein, ohne alles analysieren zu müssen. Lass uns einfach mal für ein paar Minuten die Klappe halten und genießen.«

»Du hast ja Recht.«

Sie saßen keine fünf Minuten still da und beobachteten die Gegend, als sich ein Italiener an Janes Seite setzte und auf sie einzureden begann, als würden sie sich schon ewig kennen. Zwar konnte er kein Deutsch, aber man merkte, dass er Jane mit Komplimenten geradezu überschüttete. Man merkte aber auch, dass er diese Masche bereits tausend Mal an anderen Frauen ausprobiert hatte, mit oder ohne Erfolg. Das Schlimme war, dass Jane sich darauf einließ. Wühler stank das gewaltig, obwohl er als Jugendlicher selbst so ein schlimmer Verführer gewesen war. Ähnlich wie der Italiener hatte er es verstanden, sein Opfer um den kleinen Finger zu wickeln, mit Sprache, Gestik, Mimik. Die Absichten des Italieners waren eindeutig. Hoffentlich wusste Jane das auch. Auf einmal war es Wühler, der eifersüchtig war.

Plötzlich wurde ihm bewusst, dass er in Paris mit Monique das Gleiche gemacht hatte. Er langweilte sich schrecklich und schaute in der Gegend herum. Ohne dass die beiden es bemerkten lauschte Wühler dem Gespräch. Der Typ hieß Antonio, zumindest hatte er sich so vorgestellt. Wühler hatte oft einen anderen Namen verwendet, als er noch seine Sturm und Drang-Zeit hatte. Manchmal nannte er sich Sven, manchmal Gabor, Hauptsache man konnte die Namen nicht verniedlichen. Sie sollten Stärke und Potenz ausdrücken. Sein Ideenreichtum, mit der er eine Frau erobern wollte, war damals grenzenlos gewesen. Diese Zeiten jedoch waren vorbei. Er wollte endlich Familie und seine Ruhe haben.

Doch um Letzteres zu erreichen, durfte er nicht mehr an seine Vergangenheit erinnert werden – und dieser kleine Italiener tat es gerade. Er bemerkte, wie lächerlich Antonio war, und erkannte dadurch, wie lächerlich er früher selbst gewesen war. Er verstand nicht, warum Frauen auf so etwas erst reinfallen konnten und dann enttäuscht waren, wenn man ihnen nicht die versprochenen Sterne vom Himmel holte.

Ein anderer Mann, völlig unauffällig gekleidet, saß in ihrer Nähe und schaute ständig in Janes Richtung. Da Wühler es bemerkte, nahm er den Henkel von Janes Handtasche und tat so, als ob nichts wäre. In dieser Handtasche befand sich ein kleiner Schatz: Ausweise, Schminkzeug, ein paar Fotos, die Jane wirklich etwas bedeuteten, Geld, Ohrringe und tausend andere Sachen. Janes Handtasche war ihr ganz persönliches kleines Museum und von unschätzbarem ideellen Wert. Wühler wunderte es, warum man so viel Zeug auf einmal mitschleppen musste. Die Handtasche einer geschlechtsreifen Frau war wie der Rucksack eines Soldaten: Alles Überlebenswichtige war darin verstaut.

Eine Weile lang passiert nichts. Wühler gefielen die italienischen Frauen, doch er fühlte sich verpflichtet, auf seinem Platz sitzen zu bleiben. Er tröstete sich mit dem Gedanken, dass die italienische Frau nur so lange hübsch bleibt, bis sie heiratet. Danach wird sie ihrer Mutter körperlich immer ähnlicher. Sie bekommt Kinder, während der Mann zum Biertrinken geht, worauf die Frau wütend wird und vom Balkon aus Töpfe nach ihm wirft. Das war das Bild, welches Wühler durch das Werbefernsehen vermittelt bekommen hatte.

Plötzlich näherte sich jemand blitzschnell von hinten und versuchte Wühler die Handtasche zu entreißen. Es war der unauffällige Typ, der die ganze Zeit in ihre Richtung geschaut hatte. Durch den Stoß, den er Wühler versetzte, rutschte dieser ein paar Stufen hinunter, ließ dabei die Handtasche aber nicht los. Auch der Taschendieb konnte sich nicht mehr halten und purzelte hinterher. Jane schrak hoch und rannte den beiden hinterher, sie hatte zunächst überhaupt nicht mitbekommen, was geschehen war.

Die Polizei und viele Schaulustige versammelten sich um die zwei blutenden Männern in zerrissenen Klamotten, die inzwischen bis vor den Brunnen gerutscht waren. Der Taschendieb wollte schnell aufstehen und abhauen, doch die Beamten hinderten ihn daran und verschränkten ihm die Arme hinter dem Rücken.

Jane kniete sich zu Wühler hin und schlang die Arme um ihn. Antonio stand daneben und wusste nicht, was er tun sollte.

»Wühler, geht es dir gut?«

»Ist nur ein Kratzer. Ich habe höllische Kopfschmerzen.«

Er wollte gerade aufstehen, als er bemerkte, dass etwas Warmes an seinem Kopf herunterlief. Er machte die Augen zu und sackte zu Boden. Das Einzige, was er noch hören konnte, war ein durchdringender Schrei von Jane, die seinen Namen rief.

Jane weinte. Was soll sie nur ohne ihn machen? Sie würde ohne ihn noch nicht einmal zum Hotel zurückfinden, geschweige denn irgendwie zurück nach Hause kommen. Ihr bester Freund war bewusstlos, und das mitten in einem fremden Land, dessen Sprache sie nicht verstand. Sie fühlte sich so hilflos. Antonio redete aufgeregt mit einem der Polizisten, der anschließend einen Krankenwagen rief. Als Jane mit in den Krankenwagen steigen wollte, fragten die Sanitäter, ob sie zur Familie gehöre.

»Wenn Sie mich hier lassen, können Sie mich gleich umbringen und ihn auch. Ich bin das Einzige, was er hat«, antwortete Jane kühl und fügte fest entschlossen hinzu: »Ich fahre mit.«

Als Wühler die Augen wieder aufmachte, war es spät am Abend. Er fühlte sich schwach und hatte überall Schmerzen. Im Dunkeln fühlte er Janes Anwesenheit, die direkt neben ihm lag. Ihr schien es gut zu gehen. Die Ärzte hatten mehr als ein Auge zugedrückt und zwei Krankenbetten zusammengerückt, damit sie bei ihm sein konnte. Er wusste nicht, dass er drei Tage bewusstlos gewesen und operiert worden war. Er bemerkte ein paar Nähte an seiner Hand, weil sie in der Haut spannten.

Jane lag zum ersten Mal ganz nah bei ihm. Er konnte ihren Atem spüren. Es tat gut sich so wohl behütet zu fühlen. Wühler schlief sofort noch einmal ein.

Als Jane am nächsten Morgen aufwachte, hielt sie seine rechte Hand. Er machte die Augen auf und bemerkte es. Es war das Schönste, was ihm seit langem widerfahren war. Von ihm aus hätten sie ewig so daliegen können.

»Hallo Kleine«, sagte er.

»Es ist schön, dass du von den Toten auferstanden bist. Ich dachte schon, du wärst im Koma.« Jane war ein Stein vom Herzen gefallen.

»Unkraut vergeht nicht, das weißt du doch. Wie lange liege ich schon hier? Mir kommt es vor, als wäre ich erst gestern eingeliefert worden.« »Du bist seit vier Tagen hier. Ich bin nicht von deiner Seite gewichen. Kannst du dich noch an alles erinnern?«

»Hole mir doch bitte etwas zu trinken, ich habe einen Riesendurst.« Als Jane aufgestanden war, um ihm etwas Wasser in ein Glas zu gießen, redete er weiter. »Ich kann mich daran erinnern, dass ich eine Treppe heruntergefallen bin.«

»Dann rief Antonio einen Krankenwagen. Seitdem habe ich ihn nicht wieder gesehen. Ich bin immer bei dir geblieben. Was soll ich auch ohne dich in einer fremden Stadt machen?«

Eine Krankenschwester betrat das Zimmer und zog den Vorhang auf. Sie sagte irgendetwas auf Italienisch und verließ das Zimmer wieder. Ein wenig später kam ein gepflegt aussehender Mann herein. An seiner Haltung konnte man schon sehen, dass es Wühlers zuständiger Arzt war. Er sprach Deutsch.

»Wie geht es Ihnen heute?«, fragte er, als ob er erst gestern nach Wühlers Befinden gefragt hätte, obwohl dieser den Mann noch nie im Leben gesehen hatte.

»Wann kann ich hier raus?«

»Heute. Aber Sie müssen sich auf jeden Fall noch schonen«, antwortete der Arzt freundlich.

»Was ist mit der Versicherung? Wurde schon alles geregelt?«

»Ja, ich habe das persönlich für Sie getan. Als Sie hierher gekommen sind, kam mir Ihr Gesicht so bekannt vor. Sie sind Wühler, der Autor, richtig? Keine Sorge, ich weiß, dass Sie von der Presse gesucht werden, doch ich habe denen gesagt, dass sich kein Wühler im Krankenhaus befindet. Um Ihnen den Stress zu ersparen. Deswegen haben Sie Deutschland doch auch verlassen, oder? Um dem Stress zu entkommen.«

»Das stimmt. Können Sie das Geheimnis noch eine Weile für sich behalten? Ich bin auf einer Reise, die schon ohne diese Leute sehr anstrengend ist.«

Wühler stand auf und bereute es sofort, weil sein Körper überall zu schmerzen begann. Jane stützte ihn. Er sah aus dem Fenster und blickte direkt auf den Petersdom, hinter dem gerade die untergehende Sonne glänzte. Der Anblick war beeindruckend.

»Als ob man Gott ein wenig näher ist«, murmelte Wühler.

»Das sind Sie immer, wenn Sie an ihn denken«, sagte der Halbgott in Weiß hinter ihm. »Es ist bloß komisch, das aus Ihrem Mund zu hören.«

»Warum?«, fragte Wühler.

»Ich habe Ihr Buch gelesen und darin sagen Sie, dass der Herr auch nur ein Atom sei, vielleicht noch nicht einmal das, aber etwas, was angestoßen wurde, um woanders hinzugelangen.«

»Das kommt vielleicht der Wahrheit näher, als dem Ganzen einen Namen zu geben.«

Durch das Gespräch fühlte sich Wühler besser, aber er wollte hier im Krankenhaus keinen Vortrag halten und lieber gehen.

»Was ist mit unserer Reise?«, fragte Jane. »Wir werden mit dem Zug nach Hause fahren müssen und …«

»Müssen tun wir gar nichts«, unterbrach sie Wühler. »Wir werden unsere Reise fortsetzen. Aber ich habe keine Lust mehr auf fremde Länder. Wir werden in Bayern noch einmal anhalten, um einem alten Freund Hallo zu sagen, dann fahren wir nach Hause. Ich wollte eigentlich noch Athen sehen, doch das sparen wir uns, okay?«

Sie zögerte, Wühler schaute fragend.

»Was immer du willst«, antwortete sie schließlich.

Wühler mochte keine Krankenhäuser. In seinem ganzen Leben war er erst zweimal in einem gewesen.

»Sie haben zwei gebrochene Rippen«, erklärte der Arzt. »Sie müssten die nächste Zeit behutsam mit sich umgehen, doch im Grunde habe ich keine Bedenken. Sie können Ihre Sachen packen und gehen, wenn Sie das wollen. Die Nähte müssten in ein paar Tagen entfernt werden, aber das können sie ja auch woanders machen lassen. Ich bitte Sie allerdings, Ihre Reise erst in zwei bis drei Tagen fortzusetzen.«

»Wir bleiben so lange hier in Rom, wie Sie wollen«, versicherte Wühler. »Bloß nicht hier im Krankenhaus.«

Der Arzt verließ das Zimmer, und Wühler packte seine Sachen zusammen. Beim Bücken spürte er noch starke Schmerzen in den Rippen. Bei jedem Pulsschlag spürte er die Nähte. Bei jedem Atemzug dachte er, sein Brustkorb würde gleich zerspringen. Doch etwas trieb ihn aus dem Krankenhaus. Er konnte hier einfach nicht bleiben. Es musste weitergehen.

Jane machte sich große Sorgen und verstand nicht, warum er nicht noch ein paar Tage in der Obhut der Ärzte bleiben wollte. Doch wenn er sich für etwas entschieden hatte, war es unmöglich, ihn vom Gegenteil zu überzeugen. Er war eben ein Sturkopf. Immerhin besser als ein ewiger Jammerlappen.

Der Arzt betrat noch einmal das Zimmer, in der Hand die deutsche Erstausgabe von »Weisheit oder Wahnsinn«.

»Es wäre mir eine Ehre, wenn Sie dies unterzeichnen würden. Das Buch hat mich sehr beeindruckt.«

Wühler tat ihm den Gefallen. Es grenzte an ein Wunder, dass

dieses Exemplar nach Italien gekommen war. Die Erstausgabe hatte er damals in Eigenregie bezahlt und aufwendig gestalten lassen, weil ihm der Inhalt so viel bedeutete. Die Auflage hatte gerade einmal zweihundert Stück betragen, und es war mühsam gewesen, sie unter die Leute zu bringen. Er schrieb:

»Für den Menschen, der dieses Buch besitzt, ist dies keine Ehre. Es ist eine Ehre für mich! WÜ.«

Der Doktor bedankte sich herzlich und bot ihnen an, in seinem Haus am Stadtrand zu übernachten, doch Wühler lehnte dankend ab. Er umarmte den Arzt und verließ mit Jane das Zimmer. Der Doktor folgte ihnen auf den Gang und sagte: »Sie können froh sein, eine solch liebe Freundin zu haben. Ich wünsche Ihnen alles Gute in Ihrem Leben.«

Sie nahmen ein Taxi zum Hotel. Dort war der Ärger schon vorprogrammiert. Die Frau am Empfang regte sich darüber auf, dass ihre Gäste zwei Tage zu lang das Zimmer für sich beansprucht hatten. Wühler hatte kein Bargeld mehr und zückte seine Kreditkarte. Er berichtete, was vorgefallen war, und entschuldigte sich höflich für den damit verbundenen Aufwand für das Hotel. Dem Hotel sei es aber sicherlich nicht schlechter ergangen als ihm. Die Empfangsdame entschuldigte sich und zog die Karte durch den Schlitz.

»So«, sagte Wühler, als sie endlich auf ihrem Zimmer waren, »und jetzt gehen wir feiern.«

Er duschte und rasierte sich, da er bereits gestunken hatte wie ein Iltis. Es war ein Wunder, dass Jane das im Krankenhaus ausgehalten hatte. Er besah sich seine Wunden im Spiegel. In der Rippengegend war alles grün und blau, über dem Auge war eine Platzwunde mit fünf Stichen genäht worden.

»Mann, sehe ich scheiße aus«, sagte er zu sich selbst. »So schlimm fühle ich mich doch gar nicht. Hoffentlich verheilt alles gut.«

Er zog sich den Anzug an, den er in London gekauft hatte, ging zu Jane und breitete die Arme aus.

»Sehe ich nicht toll aus?«, fragte er.

»Wie ein richtiger Gentleman«, lächelte sie und dachte gleichzeitig: Mit der Narbe auf der Stirn eher wie ein Gangster.

Er tat ihr Leid, und sie wollte ihn nicht kränken. Sie zog sich ein elegantes Kleid an, von dem Wühler nicht wusste, dass sie es mitgenommen hatte, und schminkte sich wie zu einem besonderen Anlass.

Als sie das Badezimmer verließ, stand Wühler erwartungsvoll auf und staunte, was für eine hübsche Frau er doch mitgenommen hatte. Das konnte doch unmöglich seine Jane sein! Er rieb sich die Augen und bewunderte ihre Schönheit.

»Bist das wirklich du?«, stotterte er.

»Wer sollte es denn sonst sein?«

»Du bist so schön wie keine andere.«

Jane schaute zu Boden, wurde rot und lenkte vom Thema ab.

»Du musst doch bestimmt hungrig sein. Lass uns keine Zeit vergeuden. Wir nehmen das Taxi und gehen elegant essen.«

»Wir haben so viel Geld, wir könnten eine Limo nehmen.«

»Wir wollen nicht mit protzen anfangen. Lass uns bescheiden bleiben. Wir verderben uns nur den Charakter.«

»Ist ja gut, Mutti.«

Ihm scheint es ja schon wieder prima zu gehen, wenn er wieder solche Scherze macht, dachte Jane.

Sie verließen das Hotel. Der Taxifahrer hielt am Hotel Napoleon und versicherte, dass es sich dort für solch elegant gekleidete Leute zu essen lohne.

Sie hatten einen wunderschönen Blick auf den Park, der sich vor ihrer Nase erstreckte, doch Wühler hatte keine Augen dafür. Er schlang das Essen herunter wie ein Soldat, der wenig Zeit dafür hatte. Jane machte es dieses Mal nichts aus, nicht einmal als die Leute pikiert zu ihnen hinüberschauten. Nach vier Tagen ohne feste Nahrung musste man solch einen Bärenhunger haben, das konnte sie verstehen.

Sie redete davon, wie viele Sorgen sie sich gemacht habe und ihm keinen Moment von seiner Seite gewichen sei. Sie habe seine Mahlzeiten bekommen und hauptsächlich Fernsehen geschaut. Alle seien nett zu ihr gewesen und sie habe den Schwestern beim Bettenmachen geholfen.

»Eine davon hätte dir sicherlich gefallen. Sie stammte aus Deutschland, hatte stahlblaue Augen und langes blondes Haar.«

»Tja, hätte mir in meinem Zustand auch nichts geholfen. Wichtig war, dich an meiner Seite zu haben. Mit dir hätte ja sonst etwas passieren können.«

Im Anschluss an das dreigängige Menü tranken die beiden noch zwei Flaschen Rotwein, ehe sie ins Hotel zurückfuhren. Jane war leicht angetrunken, Wühler vertrug Rotwein gar nicht, weswegen er sich sofort ins Bett legte. Irgendwie war es nicht gut gewesen, gleich wieder Alkohol zu trinken. Immerhin war er vier Tage bewusstlos gewesen, sein Körper war ausgetrocknet, weswegen der Alkohol schneller in die Blutbahn gelang. Aber wenigstens hatte er seinen Schmerz betäubt.

Jane ging ins Bad und kam nach wenigen Minuten im Nachthemd wieder heraus. Sie legte sich ganz dicht zu Wühler, ihren Kopf auf seiner Brust. Er wachte noch einmal auf, zog sie ein wenig zu sich heran und flüsterte ihr leise ins Ohr: »Was empfindest du für mich?«

Jane war eine Weile ruhig und hoffte, nicht darauf antworten zu müssen. Sie dachte daran, dass Wühler sie in all den Jahren nie enttäuscht hatte. Sie war schon immer von seiner Sturheit fasziniert gewesen. Seine Intelligenz, sein Charme und seine grenzenlose Treue zu seinen Prinzipien machten ihn zu etwas Besonderem. Sie hatte extreme Angst davor, dass es irgendwann einmal vorbei sein würde mit ihrer Freundschaft. Und doch war sie sich auch unsicher und wusste nicht, woran sie bei Wühler war. Er hatte noch nie etwas gefordert. Er war immer für sie da. Wie groß war seine Güte? Wie groß war die Angst ihn zu verlieren? Wie viele Sorgen hatte sie sich schon um ihn gemacht? Wie groß war die Zahl unendlich? Sie wusste es nicht.

»Ich habe sehr lange überlegt, um die passenden Worte zu finden«, sagte sie schließlich. »Ich bin mir auch immer noch nicht sicher, wie ich meine Gefühle zu dir beschreiben soll. Es würde nicht reichen, dir zu sagen, dass ich dich eigentlich liebe. Da steckt mehr dahinter.«

Wühler stutzte einen Moment und wollte mit der Situation nicht wirklich konfrontiert werden. Er blieb dennoch ruhig. Es war Jahre her, dass ihm jemand so etwas gesagt hatte. Und es klang so ernst gemeint. Jede andere Frau, die ihm bis jetzt ihre Gefühle so unvermittelt gestanden hatte, hatte er abgelehnt. Und nun war es seine beste Freundin, die ihn so überrumpelte. Er hatte Angst verletzt zu werden oder sie zu verletzen und wusste nicht, was er tun sollte. Nun war es heraus. In Wühler breitete sich Panik aus, die Angst, das zu verlieren, was er hatte. Es war nicht schwer gewesen, einem Menschen so viel Zuneigung zu schenken, wenn es nicht im Rahmen einer Beziehung stattfand. Von früheren Beziehungen wusste er, dass sich alles ständig wiederholt, wenn man einem Menschen bedingungslose Liebe schenkt. Die Kommunikation zwischen den Liebenden stirbt, weil man Angst hat, etwas Falsches zu erzählen. Manchmal erfindet man Notlügen, um den Partner nicht zu verletzen.

Bei seiner besten Freundin, die ihm eben ihre Liebe gestanden hatte, hatte er nie lügen müssen.

Jane empfand sein Schweigen als unerträglich. Sie bereute bereits, was sie gesagt hatte, doch das war nun einmal, was sie empfand. Es war ihr so herausgerutscht und nun musste sie damit klarkommen. Nun mussten Taten folgen, damit es nicht noch schlimmer werden würde. Sie legte die Hand auf seine Brust und begann zärtlich seinen Oberkörper zu streicheln. Wie lange hatte er so etwas nicht mehr gespürt. Er wollte es ihr gleich tun, legte seinen Arm um ihren Hals und begann auch sie zu streicheln. Ihre Haare waren so seidig, dass er sich nicht einmal darin verhakte. Seine Hand wanderte weiter hinunter und setzte ihre Streicheleinheiten an ihrer schlanken Taille fort, dort, wo die Haut so zart und straff war, dass es Wühler immer mehr erregte.

Jane gefiel es, wie Wühler sie berührte. Jeder Hautkontakt elektrisierte die beiden und animierte sie weiterzumachen. Nach einer halben Stunde Streicheln waren sie sich so vertraut, dass er mehr wagte und ihre Brust berührte. Sie sah in den Kleidern, die das Dekollete betonten, schon immer sehr attraktiv aus, doch es war bei weitem nicht damit zu vergleichen sie zu berühren. Seine Finger vollführten kreisende Bewegungen um ihre Brustwarzen, was sie wiederum sehr erregend fand.

Ihr Körper schien zu explodieren. Sie setzte sich auf und gab ihm einen Kuss auf die Stirn. Ein weiterer auf die Nase folgte, bis sie schließlich zum Mund kam. Sie hatte immer noch sehr große Angst. Was wäre, wenn es ihm nicht gefallen würde? Wie würde es am nächsten Tag mit ihnen aussehen? Wenn es etwas Ernstes werden würde, würden sie sich in Zukunft mit »Schatz« ansprechen? Es musste etwas Ernstes werden, sonst würden sie nach dieser Reise getrennte Wege gehen. Es war schrecklich solche Gedanken zu haben.

Jane machte ihre Lippen so weich sie nur konnte. Sie wollte ihm damit vermitteln, wie Ernst sie es mit ihm meinte. Ein Kuss zur Begrüßung oder zum Abschied kann man mit gespitzten Lippen machen, sodass er freundschaftlich wirkt, doch nun wollte sie ihm ihre Zuneigung zeigen. Wühler tat es ihr gleich. Er hätte ihr niemals eine solche Entscheidung abgenommen. Dafür fühlte er sich stets zu feige. Er hatte Angst gehabt, es würde ihre Freundschaft auf immer zerstören. Doch in diesem Moment fühlte er, dass es einmal so weit hatte kommen müssen. Er ließ es zu und dachte nicht mehr über die Folgen nach.

Als er einmal über den Sinn des Lebens philosophiert hatte, war ihm folgender Gedanke gekommen: »Der Sinn des Lebens ist ein Streben nach einem Zustand, in dem man sich keine Fragen mehr stellt. Ein Zustand, in dem man endlos glücklich oder bereits tot ist.«

Wühler hatte auf einmal keine Fragen an das Leben mehr. Von ihm aus hätte die erste Berührung ihrer Lippen ewig dauern können. Nach einer Weile öffnete er seinen Mund immer weiter. Jane ebenso. Ihr Nachthemd war hochgezogen, sodass ihre nackte Brust auf seiner lag.

Ab und zu stieß sie einen tiefen Seufzer aus, der ihm zeigte, dass sie sehr erregt war. Sie schob ihre Zunge in seinen Mund und begann mit langsam kreisenden Bewegungen seine Zungenspitze zu massieren. Nebenbei knetete er ihren ganzen Körper durch, tastete sich langsam zu ihren Pobacken vor. Automatisch hatte Jane angefangen ihre Hüften so zu bewegen, sodass Wühler mit seinem Glied die weichen Stellen unter ihrem Slip spüren konnte. In seinem Kopf richtete sich alles nur noch nach Luftholen aus. Seine Gedanken waren leer. Er ließ sich vollständig von seinen Trieben leiten.

Jane verschwendete mittlerweile auch keinen Gedanken mehr an irgendetwas. Sie merkte, wie ihr Bettgenosse langsam das Ruder übernahm und sie sachte auf die Seite legte. Seine Lippen lösten sich von den ihren und wanderten nach unten. Sie hätte nie gedacht, dass er so zärtlich sein konnte. Sie schwebte im siebten Himmel und wollte noch höher hinaus. Wie Ikarus würde sie sich verbrennen, wenn sie der Sonne zu nahe kommen würde, doch es war ihr egal. Er zog ihr langsam den weißen Tanga aus und küsste sie zwischen den Schenkeln. Er bemerkte, dass sie vollkommen rasiert war und strich ihr in Schlängellinien die Feuchtigkeit seiner Zunge bis zum Zentrum ihrer Lust. Er sammelte erneut Speichel, bevor er mit seinem Zungen-Piercing an ihrer Klitoris spielte. Er war glücklich, Jane so entspannt und hingebungsvoll zu sehen, und es war ihm eine reine Freude, ihr einen ersten Orgasmus zu verschaffen.

Sie redeten kein Wort miteinander. Jane wartete, bis sich ihr Atem ein wenig beruhigt hatte, und legte sich dann erneut auf ihn. Eine seiner Rippen machte sich bemerkbar, und Wühler stieß einen kurzen Schrei aus. Sie hob sich behutsam von der empfindlichen Stelle, küsste sie und wanderte mit ihren Lippen weiter nach unten. Kurz unter seinen Rippen machte sie Halt und befeuchtete leicht die Stelle, an der man eigentlich kitzlig ist. Wühler vergaß augenblicklich seine Schmerzen. Sex war einfach die beste Medizin. Er vergaß sogar, wo sie gerade waren. Wichtig war nur, dass sie da war.

Jane befeuchtete noch einmal ihre Lippen und führte sie an sein bestes Stück. Wühler fand es unbeschreiblich, dass sie in ihrer eigenen Erregung noch so behutsam war. Er zog langsam das Kissen über seinen Kopf und begann heftiger zu atmen. Seine Rippen zogen sich ein wenig zusammen. Seine Narbe auf der Stirn pochte, doch stärker als der Schmerz war seine Lust.

Bereits nach fünf Minuten wurde es ihm zu viel, sodass er ihren Kopf nach oben zog und kam, während sie sein Glied weiter mit der Hand in Bewegung hielt.

Sie liebkosten sich und warteten, bis sie erneut bereit waren.

Schließlich drang er langsam in sie ein. Sie nahmen sich alle Zeit der Welt und genossen es. Warum, fragte sich Wühler, machen die Menschen so selten das, was sie am liebsten tun? Ihre Vagina begann sich anzuspannen. Wühler bekam den Impuls zu spüren, stöhnte auf und begann seinen Rhythmus zu beschleunigen. Jane atmete heftig und bat ihn nicht aufzuhören, und sie vergaßen für Stunden alles um sich herum und versuchten sich gegenseitig das Paradies auf Erden zu bereiten.

Viel später lagen sie sich erschöpft in den Armen, abgekämpft, aber glücklich. Jane war zwar bereits fünfmal zum Höhepunkt gekommen, und Wühler hatte schließlich beschlossen, sich einfach neben sie zu legen, zu kuscheln und friedlich einzuschlafen. Sie gaben sich einen zärtlichen Gute-Nacht-Kuss.

»Ich liebe dich«, sagte Wühler mit rauer Stimme.

Jane schmiegte sich wortlos an ihn und schloss die Augen.

Nie hätte Wühler geglaubt, dass es einmal so weit kommen würde. Jane war für ihn die ganze Zeit wie ein Familienmitglied gewesen. Jetzt liebte er sie auf andere Weise. Er wünschte sich ganz fest, dass dieses Gefühl nie enden würde. Er würde alles dafür tun, es aufrechtzuerhalten. Er bewunderte alte Paare, die auch nach einer jahrzehntelangen Beziehung liebvoll miteinander umgingen und einträchtig zusammen auf Parkbänken saßen. So sollte es auch mit ihm und Jane werden.

Am nächsten Morgen wachte Wühler auf und fand sich in einem Hotelzimmer in Rom neben der schönsten Frau der Welt wieder. Zumindest war sie das für ihn.

Jane schlief so friedlich wie ein Engel. Wühler betrachtete sie und merkte, dass ihr Gesicht völlig symmetrisch war. Die Proportionen ihres Körpers schienen ihm perfekt, auch wenn sie – wie alle Frauen – ständig etwas an ihrem Körper bemängelte. Er sah sie an und strich liebevoll durch ihr Haar. Sie war ein so herzensguter Mensch, der ihm schon so viel gegeben hatte. Nie würde er sie betrügen oder allein lassen.

Jane öffnete die Augen. Das Erste, was sie erkannte, war, dass die letzte Nacht nicht nur ein wunderschöner Traum gewesen war. Sie sah in Wühlers Augen. Der ganze Raum schien nur aus Licht und Wärme zu bestehen. Das Zentrum davon waren zwei Menschen, die in einem Bett lagen und sich ohne etwas zu sagen Versprechen für die Ewigkeit gaben. Sie streichelten sich schweigend. Was passiert war, hatte so schon zu viel ausgedrückt, als dass man es in Worte fassen müsste. Die beiden mussten nicht sprechen, weil die stumme Harmonie zwischen ihnen perfekt war. Jedes Wort hätte die Gegenwart nur zerstört. Und die Gegenwart war das einzig Wichtige. Und mit jeder Minute schwand sie ohnehin ein bisschen.

Wühler würde alles dafür geben, diesen Augenblick festhalten zu können. Er fand es unvorstellbar verlockend, den ganzen Tag so liegen zu bleiben, doch die profanen Dinge des Lebens machten ihm einen Strich durch die Rechnung: Wühler musste unbedingt auf die Toilette.

Jane schaltete währenddessen den Fernseher ein. Auf allen Kanälen liefen die gleichen Nachrichten: Der Papst war gestorben. Unglaubliche Menschenmassen und unzählige Reporter und Fernsehteams hatten sich auf dem Petersplatz versammelt, um mehr Informationen zu erhalten. Viele Gläubige hatten die Hände gefaltet, weinten und beteten.

»Der heilige Vater Papst Johannes Paul II«, sagte ein Sprecher, »hat die letzte Nacht nicht überlebt. Er wurde um einundzwanzig Uhr siebenunddreißig Gottes Händen überlassen. Möge er in Frieden ruhen.«

Für Wühler war einfach nur ein alter Mann gestorben, der seinen Respekt verdiente. Karol Wojtyla war kein Papst wie seine Vorgänger gewesen. Er hatte den Umgang mit den Medien beherrscht und diesen Vorteil für die Verbreitung seiner Ansichten genutzt. Das würde auch Auswirkung auf die Berichterstattung über seinen Tod haben – die Presse würde sein Ende ausschlachten wie eine Weihnachtsgans. Für die Medien war der Tod des Papstes lediglich ein willkommener Anlass, um Einschaltquoten und Auflagen in die Höhe zu treiben.

Jane machte den Fernseher aus und wandte sich Wühler zu.

»Was machen wir heute?«, fragte sie.

»Ich habe zwar in meinem Leben nie an Gott geglaubt, zumindest nicht so, wie es die Kirche vorschreibt, doch ich möchte diesem Mann die letzte Ehre erweisen. Er hat unseren Respekt verdient. Lass uns auf den Petersplatz gehen und eine Schweigeminute für ihn einhalten, wenn wir schon einmal hier sind.«

»Das ist nicht dein Ernst«, antwortete Jane.

»Doch, warum sollte es das nicht sein? Schau doch mal aus dem Fenster. Merkst du nicht, wie verunsichert die Gläubigen sind? Etwas zu hoffen ist genauso wie beten. Die Gläubigen verstehen nicht genau, was sie tun, doch hilft es manchmal trotzdem. Hast du etwa noch nie einen Wunsch gehabt, der sich erfüllte, weil du daran geglaubt hast?«

»Doch. Gestern habe ich etwas bekommen, was ich mir seit Jahren gewünscht habe. Dich.«

Wühler war erstaunt und pustete Luft durch seine Lippen.

»Wirklich? Du hättest fragen können. Du hast doch nicht wirklich schon so lange darauf gehofft?«

»Nein, nicht wirklich. Es ist mir erst letzte Nacht klar geworden. Aber ich muss dir noch etwas beichten.«

»Was denn?«

»Ich verhüte schon seit Wochen nicht mehr.«

Auf einmal wurde es still im Raum – und unendlich schwieriger. Wie jeder Mensch, der zum ersten Mal mit der Möglichkeit konfrontiert wird, ein Kind zu bekommen, war auch Wühler geschockt. Was war, wenn sie wirklich schwanger war? Er liebte sie unendlich, das stand außer Frage, doch welche Auswirkung würde ein Kind auf sie beide haben? Aber vielleicht war ja auch gar nichts passiert.

»Dann haben wir ja jetzt zwei Gründe, um zu beten«, sagte er sarkastisch.

»Ich finde das nicht witzig.« Jane war den Tränen nahe. »Falls ich schwanger sein sollte, kannst du mir dann versprechen, dass du immer für mich und das Kind da sein wirst?«

»Ich kann nichts so unendlich Großes versprechen. Doch ich werde mein Bestes geben und versuchen dich nicht zu enttäuschen. Das verspreche ich dir.« Er nahm sie in den Arm. »Es wird alles gut werden.«

Plötzlich hatte sein Leben eine ganz neue Wendung genommen, eine ganz unerwartete sogar. Doch weil sie durch die

Person verursacht wurde, die er über alles liebte, empfand er es nicht als schlimm.

»Beruhig dich erst einmal«, sagte er sanft. »Was hältst du von einem Spaziergang. Lass uns alles bereden.«

Sie verließen das Hotel mit einem völlig neuen Bewusstsein. Kurz bevor sie auf die Straße traten, hielt Wühler kurz inne, schloss die Augen, öffnete sie wieder und atmete tief durch. Er betrachtete die Welt nun mit anderen Augen. Er sagte zu Jane alles, was er über die neuen Umstände dachte. Ihr fiel ein Stein vom Herzen, als sie seine Worte hörte. Sie hatte bereits den Teufel an die Wand gemalt. Schwanger, verlassen, unattraktiv, depressiv, mutterseelenallein.

Wühler wollte schon immer Vater sein. Ein guter Vater, der nicht vor der Verantwortung floh. Er fand die richtigen Worte, um Jane zu beruhigen. Er erklärte ihr, dass nichts von dem passieren würde, vor dem sie sich fürchtete. Nichts werde sich an der Tatsache ändern, dass er sie liebte. Er würde weiterleben wie zuvor, mit einer Ausnahme: Er würde seine Liebschaften aufgeben und dafür etwas bekommen, das tausend Mal schöner war als eine aufregende Nacht in einem fremden Bett. Er erzählte von den alten Pärchen im Park, die sich immer noch an den Händen hielten, als ob es ihr erster Spaziergang war. Er sagte ihr, dass es mit ihnen auch so sein würde.

Sie erreichten den Petersplatz, der zum Bersten voll war mit weinenden und betenden Menschen. Und dennoch war es fast totenstill. Die geschäftigen Kamerateams passten nicht ins Bild. Wie Haie auf der Suche nach Beute zogen sie ihre Schlingen immer enger um einzelne Gruppen von Trauernden. In Wühlers Augen waren die Reporter Aasgeier, die absolut keine Ehre besaßen.

»Wann wollen wir die Schweigeminute halten?«, fragte Jane.

»Warum nicht ab jetzt?« antwortete Wühler.

Sie schwiegen. In solchen Momenten kommen einem die merkwürdigsten Gedanken. So viele auf einmal, dass man sie nicht verarbeiten kann. Wühler dachte hauptsächlich an sich, weniger an den verstorbenen Papst. Sein ganzes Leben zog im Schnelldurchlauf an ihm vorbei, bis es bei der Gegenwart angekommen war. Er dachte an die Zukunft. Er sah Jane mit dem gemeinsamen Kind in einem Garten. Sie lebten glücklich und zufrieden im gleichen Haus. Er sah Jane an der Terrassentür stehen und in einer Schüssel rühren, während sie ihm und dem kleinen Kind beim Spielen zusieht. Wühler schaut zu ihr hoch, als sie ruft, dass das Essen fertig sei. Was für eine wunderschöne Vorstellung! Wühler fragte sich, ob Jane im Moment Ähnliches dachte. Schon wieder wurde er sich unsicher.

Die Minute war schon längst um.

»Liebst du mich?«, fragte Wühler unvermittelt.

»Ja«, antwortete Jane ohne zu zögern.

»Dann steht uns nichts im Weg. Ich möchte meine Zukunft mit dir teilen, wenn du es auch willst.«

Jane war überglücklich das zu hören und den Tränen nahe. Sie nahmen sich in die Arme und hielten sich lange Zeit. Es war so, als ob dadurch ein Pakt für die Ewigkeit beschlossen wurde. Bevor sie ins Hotel zurückkehrten, gingen sie noch einen Kaffee trinken. Sie hatten genug getrauert. Und jetzt gab es nichts mehr, was sie daran hinderte, nach Hause zu fahren.

Zu Wühlers Schmerzen von dem Unfall gesellte sich ein unglaubliches Glücksgefühl. Wühler glaubte nun endgültig nicht mehr an den Zufall. Alles war so passiert, wie es hatte kommen müssen. Vielleicht stand es auch irgendwo auf einem tausend Jahre alten Blatt geschrieben. Es war ihm jedoch egal geworden. Er wollte sein Leben selbst erforschen.

Sie küssten sich in aller Öffentlichkeit, ohne einen Gedanken an etwas anderes zu verschwenden. Die anderen Menschen kümmerten sie nicht. Niemand konnte ihren Frieden stören.

Wühler hatte Recht behalten mit seiner Annahme, dass sie nicht mehr so viel miteinander reden würden, wenn sie einmal ein Liebespaar waren. Jedes Wort wurde mit Bedacht gewählt. Die eigene Persönlichkeit wurde außer Acht gelassen, um dem anderen zu gefallen. Trafen sich ihre Augen, war bereits alles gesagt und musste nicht mehr ausgesprochen werden.

Wühler gab viel zu viel Trinkgeld, wie es Leute nun einmal machen, denen neben der Liebe alles egal geworden ist. Er war sich auch bewusst, dass seine Leidenschaft, philosophische Texte zu schreiben, darunter leiden würde. Solange er glücklich war – wie sollte er dann noch etwas kritisieren können?

Im Hotel angekommen, drängten die beiden sofort in ihr Zimmer und ließen das »Bitte nicht stören«-Schild an der Tür hängen. Sie beschlossen am nächsten Tag die Heimreise anzutreten. Sie würden noch einen alten Freund von Wühler in Bayern besuchen. Er sollte ihre Geschichte als Erster erfahren.

In der Nacht unternahmen sie das Gleiche wie in der letzten. Auch dieses Mal verhüteten sie nicht, ganz bewusst nicht. Beide hatten den tiefen inneren Wunsch, ein neues Leben zu beginnen. Sie waren sich absolut sicher, dass die Suche nach dem Partner fürs Leben in Rom für beide ein Ende gefunden hatte.

Jane legte sich auf Wühlers Brust, und er schloss seinen Arm um ihren Körper. So schliefen sie bis zum nächsten Morgen, und Wühler genoss fast die Rückenschmerzen, die Jane, die die ganze Nacht auf ihm lag, verursacht hatte. Wie lange er hatte solch süße Schmerzen nicht mehr gehabt.

Sie packten ihr Sachen, verließen das Hotel und ließen sich zu ihrem Wagen bringen.

»Kann ich fahren?«, fragte Jane. »Du bist bestimmt noch nicht fit genug für die Heimreise.«

»Klar, mach nur.«

Sie nahmen den direkten Weg. Jane fuhr über fünfhundert Kilometer Autobahn, danach löste Wühler sie ab. Er hatte tatsächlich noch nicht die nötige Kraft, um die angepeilte Strecke zu fahren. Durch das angespannte Sitzen belastete er seine Rippen so sehr, dass der Schmerz immer stärker wurde. Sie erreichten ihr Tagesziel nicht und mussten sich frühzeitig ein Hotel suchen.

»Wie heißt eigentlich dein Freund in Bayern?«, fragte Jane.

»Konrad«, antwortete Wühler. »Ich habe ihn bei der Armee kennen gelernt.«

Wühler hatte Konrad noch oft besucht, um die Freundschaft nicht einschlafen zu lassen. Er war gern bei ihm, weil er ungewohnt gastfreundlich war. Konrad hatte eine Freundin, mit der er zusammenwohnte. Die beiden waren unzertrennlich. Ihre Beziehung war ein Paradebeispiel für eine funktionierende Partnerschaft.

Wühler freute sich richtig darauf, Konrad wiederzusehen. Die Nacht in dem Hotel war aber nötig, weil auch Jane von der Fahrt ganz schön geschafft war. Am Abend gingen sie in das hoteleigene Restaurant und nahmen sich viel Zeit zum Reden und Essen.

Auch in dieser Nacht hatten sie stundenlang Sex. Wühler war richtig froh bei Jane zu sein. Gleichzeitig war ihm bewusst, dass er eine Menge Gewohnheiten für sie aufgeben musste.

Zu Hause

Zu Hause ist ein Ort, an dem man sich wohl fühlt. Zu Hause sein kann aber auch bedeuten, unter Menschen zu sein, in deren Gegenwart man sich wohl fühlt. So war es bei Wühler, während Jane ihre eigenen vier Wände als ihr Zuhause bezeichnete. Wühler konnte sich das gar nicht vorstellen. Seine Zweizimmerwohnung war nicht dafür gemacht, sich in ihr zu Hause zu fühlen. Nie kam ihn jemand besuchen. Einmal in zwei Jahren hatte er eine Party veranstaltet, eine unfreiwillige allerdings. Ein Kumpel hatte ihn besucht und weitere Gäste eingeladen, und auf einmal war die Wohnung so voll, dass man sich auf den Fußboden setzen musste. Wühler hatte sich zu diesem Zeitpunkt bereits ein kleines Sortiment erlesener Getränke zusammengespart, unter anderem mehrere Flaschen Whiskey der besten Sorte, den er für besondere Gelegenheiten lagerte. An diesem Abend war ihm alles so egal gewesen, dass er innerhalb kürzester Zeit zwei Flaschen des zwölf Jahre alten Whisky, einige Flaschen guten Weins und einen Kasten Cola für seine Gäste opferte. Wühler hatte gerade dreimal an einem Joint gezogen und war nicht mehr in der Lage, die Situation zu überblicken. Ihm war kotzübel und er wollte eigentlich nur ins Bett. Damals hatte sich Wühler geschworen, niemals mehr seine Kumpels einzuladen und war kurz darauf nach Weimar gezogen, wo ihn niemand mehr derartig nerven konnte. Sein Erfolg war zur rechten Zeit gekommen. Unmittelbar vor der Veröffentlichung seines ersten Buches war er kurz davor gewesen sich aufzugeben. Sogar an Selbstmord hatte er gedacht, doch er entschied sich dafür weiterzukämpfen, seine Träume zu verwirklichen. Was andere Leute davon hielten war ihm völlig gleichgültig. Um Erfolg zu haben, musste man oft erst knietief durch die Scheiße waten. Wühlers Isolation und der Verlust seiner Kumpels, die an ihn nie geglaubt hatten, gehörten unweigerlich zu diesem Marsch durch das tiefe Tal. Jane war in die ganze Sache zufällig reingerutscht, zu ihrem Glück aber erst, als Wühler das Schlimmste überstanden hatte.

Als er sich politisch und sozial engagierte, wurde er Stück für Stück bekannter, und seine Bücher verkauften sich wie warme Semmeln. Jeder hatte ihm prophezeit, dass sowohl seine für das Schreiben verwendete Zeit als auch das investierte Geld verloren sein würde, weil sich kein Erfolg einstellen werde. Gerade solche Aussagen hatten Wühler zum Weitermachen motiviert.

Konrad hatte Wühler seit über einem Jahr nicht mehr gesehen, und nun stand dieser vor seiner Haustür. Konrad verfolgte jeden Bericht über ihn und dachte, er würde nie wieder kommen

»Wo kommst du denn her?«, waren seine ersten, ungläubigen Worte.

»Möchtest du einen alten Freund nicht erst einmal hereinbitten? Wie geht es dir und deiner Freundin?«

Jane stand neben dem Mercedes und verstand nur die Hälfte von dem, was die beiden sprachen. Konrad sprach einen ausgeprägten bayrischen Akzent, bei dem fast jeder Schwierigkeiten mit dem Verstehen hatte. Wühler verstand ihn jedoch immer noch, obwohl er ein wenig aus der Übung geraten war.

»Natürlich, komm herein. Meine Freundin ist jetzt meine Frau, und wir haben sogar ein Kind bekommen«, sagte Konrad.

»Ich habe mich bereits gefragt, wann es bei euch so weit ist. Ich freue mich für euch. Darf ich dir meine Freundin vorstellen?«

Erst jetzt sah Konrad Jane und den Mercedes und fragte, wo Wühlers alter Peugeot geblieben sei.

»Na ja, ich hatte einen kleinen Unfall. Ich hatte in der Zwischenzeit noch einen Passat, der war aber nur so eine Übergangslösung. Wie gefällt dir der Benz?«

»Schönes Auto«, sagte Konrad. »Meine Marke bleibt aber weiterhin BMW. Komm erst einmal herein. Ich denke, es gibt eine Menge zu bereden.«

Konrad hatte ursprünglich vorgehabt, nach der Geburt des Kindes in eine größere Wohnung zu ziehen, aber er konnte sich noch nicht ganz von der achtzig Quadratmeter großen Zweizimmerwohnung trennen – was Wühlers Glück war, da er ihn sonst nicht gefunden hätte.

Konrads Frau Grete saß in der Küche und trank genüsslich einen Kaffee, als sie von ihrem Mann und den Besuchern im Schlepptau überrascht wurde.

»Schatz, du glaubst nicht, wer da ist.«

Wühler war die letzte Person, die Grete erwartet hätte, und so gab es ein großes Hallo, bevor die vier sich an den Küchentisch setzten, der – wie alles in der Wohnung – sehr luxuriös wirkte.

Menschen lebten nun einmal nicht mehr in kleinen Erdlöchern. Vor allem in Deutschland musste unbedingt gezeigt werden, was man sich leisten konnte – selbst wenn es nur für den Moment war und auf die Kosten der Rücklagen ging, die man sich eigentlich schaffen müsste

Jane und Wühler kamen sofort in den Genuss der unvergleichlichen Gastfreundschaft, die es nur bei Grete und Konrad gab. Sie bekamen zu essen und zu trinken und wurden ständig gefragt, ob alles okay sei oder sie noch etwas bräuchten, bis Wühler schließlich sagte, dass das nicht nötig sei – er würde sich schon melden, wenn er etwas brauche.

In kürzester Zeit hatten sich aus der Vierergruppe zwei Zweiergruppen gebildet: Wühler und Konrad unterhielten sich über Frauen, Autos und andere Dinge, die Männer interessant finden. Jane und Grete, die sich zu Wühlers Erleichterung von Beginn an ausgezeichnet verstanden hatten, tauschten Beauty- und Modetipps aus und unterhielten sich nebenbei darüber, wie sie zu ihren »Kerlen« gekommen waren.

Wühler beobachtete Jane und kam sich vor wie ein altes Ehepaar, das bei einem anderen zu Besuch war, um zu zeigen, wie perfekt die Beziehung lief. Um das Ganze auf die Spitze zu treiben, rief er sie »Schatz« und zog dabei das Wort so weit auseinander, dass es schon wieder übertrieben wirkte. Doch solange die Partner den dazu gehörenden Humor besaßen, war alles noch im Lot.

Texte zu erschaffen, damit die Welt zu verändern, sich Wissen anzueignen – das alles wird unmöglich, wenn man sich persönlich nicht mehr dafür interessiert. Die schönste, aber auch schlimmste

Falle ist es, wenn man seine gesamte Energie für die Liebe verschwendet. Wühler war, seitdem er Jane richtig liebte, anders geworden. Seine Interessen drehten sich seitdem nur noch um sie. Momentan hatte er noch die rosarote Brille auf. Jane würde ihm aber auch noch gefallen, wenn er sie absetzen würde. Die zusammen verbrachte Zeit verbrachte er wie unter Hypnose, er war unempfänglich für alles andere, und es war ihm momentan noch völlig egal, dass seine Kreativität an Kraft verloren hatte. Sie würde bestimmt zurückkommen, wenn die Zeit reif war.

Später fuhren Konrad, Grete, Jane und Wühler in die Stadt, tranken einen Kaffee und sahen sich danach zu Hause einen Film im Fernsehen an. Weil sie von den Anstrengungen des Tages alle so müde, schliefen die vier während des Films auf dem geräumigen Sofa ein.

Jane und Grete deckten den Frühstückstisch, während Konrad und Wühler auf dem Balkon, der sich mit einer Länge von acht und einer Breite von fast zwei Metern regelrecht dazu anbot, Fußball. Wühler war zwar nicht sehr sportbegeistert, hatte sich jedoch schon immer von Konrad zu solchen Aktionen animieren lassen.

Nach dem Frühstück fuhren Jane und Wühler, die beiden frisch Verliebten, in Richtung Heimat. Die fünfhundert Kilometer bewältigten sie im Nu, denn Wühler fuhr beinahe durchgehend mit Tempo zweihundert.

Als sie das Haus, in dem sie beiden wohnten, erreichten, waren sie erleichtert: Es war weit und breit kein Fan zu sehen. Der Tod des Papstes hatte die gesamte Aufmerksamkeit der Öffentlichkeit nach Rom gelenkt.

In der Wohnung hatte sich eine feine Staubschicht auf die Möbel gelegt, sonst fanden sie alles so vor, wie sie es verlassen hatten. Eine dicke Fettschicht hatte sich auf den Tellern gebildet, die Wühler vergessen hatte abzuwaschen. Das war aber das geringste Problem. Jetzt hieß es sich im Alltag wieder zurechtzufinden und sich nach einem langen Singleleben wieder an einen festen Partner zu gewöhnen.

Nachdem die beiden die Wohnung auf Vordermann gebracht

hatten, setzten sie sich auf die rote Ledercouch, die Wühler einem Café abgekauft hatte, weil er sich in dieses Sofa verliebt hatte. Es war der einzige materielle Gegenstand gewesen, den er während des Urlaubs vermisst hatte.

Ihr Urlaub hatte darin bestanden, eine Strecke von über fünftausend Kilometer zu bewältigen. Tag für Tag waren sie ruhelos von einem Ort zum nächsten gereist, von einer Sehenswürdigkeit zur anderen spaziert. Und nun saßen sie auf dem Sofa und merkten, dass diese Art von Leben für immer vorbei war. Sie würden, wie es sich Wühler immer erträumt hatte, eine Familie gründen. Er würde sonntags den Rasen mähen und das Auto waschen, während die Kinder um ihn herum spielten. Vater und Mutter würden sich an jedem Entwicklungsschritt ihrer Kinder erfreuen. Wühler sah seine sechsjährige Tochter vor sich, die stolz nach der Schule zu ihm kam, während er gerade an einem Buch arbeitete, und ihm mitteilte, dass die Lehrer in der Schule sie als »sehr klug« bezeichnet hatten. Er würde seine gesamte Energie in die Menschen stecken, die für ihn »Familie« bedeuteten.

Jane wusste das.

»Ich liebe dich«, flüsterte sie ihm ins Ohr.

Er konnte es nicht oft genug hören, doch er hatte sich früher zu lange mit den Kausalitäten beschäftigt, die diese drei Worte hervorriefen, deshalb hatte er auch Zweifel. Doch er zögerte ein wenig, ihr seine Gedanken mitzuteilen.

»Du liebst nicht mich, sondern die Zeit und die damit verbundenen Umstände, die sie angenehmer machen und …«

Sie fiel ihm ins Wort, bevor er den Satz vollendet hatte. Tränen standen in ihren Augen.

»Bedeutet das etwa, dass du mich nicht liebst?«

Wühler tat es bereits unheimlich Leid, wie er sich ausgedrückt hatte. Er wusste, dass er aus seinem Blickwinkel zwar Recht hatte, Jane aber dadurch verletzte. Er nahm sie in den Arm.

»Lass mich jetzt bitte ausreden«, sagte er. »Ich war noch nicht fertig und möchte gern, dass du jetzt genau zuhörst, weil es für unsere Zukunft sehr wichtig ist.«

Sie nickte.

»Du darfst mir nicht immer nur halb zuhören oder das nur

hören, was du hören willst. Du darfst dich nicht immer im Recht wähnen, vor allem nicht, wenn du dir nicht sicher bist. Ich kenne dich zu gut, ich weiß, dass du sofort auf stur stellst, wenn etwas passiert, was nicht deinen Erwartungen entspricht.«

Er machte eine kleine Pause, doch Jane schwieg und schmiegte sich in seine Arme. Vielleicht wusste sie bereits, was er ihr noch sagen wollte.

»Du weißt, wie viel Arbeit ich habe. Eigentlich zu viel Arbeit, um genug Zeit in eine feste und ernsthafte Beziehung zu investieren. Ich brauche meine Patienten, wie sie mich brauchen, ich brauche das Schreiben. Ohne das alles wäre ich nicht ich. Wir werden das gleiche Verhältnis wie vor drei Wochen haben, mit dem Unterschied, dass ich nachts neben dir liege und wir miteinander schlafen so oft wir wollen. Ich werde dir ein treuer Mann sein und mich jederzeit liebevoll um dich kümmern, doch ich benötige meine Freiheit nach wie vor. Ich weiß, wie sehr dich das stört, aber du würdest mich nach kurzer Zeit nicht mehr mögen, wenn ich dich liebe und vereinnahme. Momentan sind wir verliebt, richtig lieben werden wir uns erst, wenn sich alles eingependelt hat und wir die Ruhe zu schätzen wissen, die in einer langjährigen Beziehung liegt. Ich finde es schön, so wie es ist. Wir werden gut miteinander zurechtkommen und ich hoffe, dass du meiner Meinung bist.«

Jane hatte verstanden, was Wühler meinte. Im Grunde genommen liebte er sie über alles, bloß bedeutete Liebe für ihn nicht sich gegenseitig einzusperren. In Wühlers Augen erkannte man den Wert einer Beziehung erst, wenn sie bereits beendet war. Erst dann sah man, was man wirklich an dem Partner gehabt hatte. So sollte es mit Jane auf keinen Fall noch einmal passieren.

Verliebt sein war ein ganz besonderer Zustand. Es war wie ein neuer Arbeitsplatz, den man noch ohne Selbstbewusstsein betritt, weil man sich »neu« fühlt. Man probiert und studiert und macht sich mit der Umgebung vertraut. Zwar kannte er Jane schon sehr gut, doch oft hatte er sie nur als Beobachter wahrgenommen, der relativ froh darüber war, dass er es nicht war, der ihren Wutausfall zu spüren bekam, sondern ihre früheren Partner.

Nun musste er mit all ihren schlechten Eigenschaften auskommen, ihrer Launenhaftigkeit, ihrem Schlankheits- und Schönheitswahn. Doch ihr Bestreben, ständig anderen Leuten gefallen zu müssen, verging meistens sofort, wenn er mit ihr kuschelte.

Es gab auf beiden Seiten eine Liste an schlechten Eigenschaften, die – würden die guten nicht dagegen halten – das unweigerliche Ende der Beziehung bedeuten würden. Die guten Eigenschaften müssen dreimal so stark wirken, um alles auszugleichen. Nur so kann die Beziehung funktionieren.

Sie standen vor einer riesigen Aufgabe, die es nun zu meistern galt. Sie kuschelten sich aneinander und verbrachten den Rest des Tages auf dem Ledersofa, wo sie sich unendlich lang küssten und andere schöne Dinge taten.

Man soll die schönen Zeiten genießen, solange man sie hat. Sie gehen viel zu schnell zu Ende.

Einige Jahre später ...

Wühler kam nach drei Tagen von einer seiner zahlreichen Lesungen nach Hause und stellte den Aktenkoffer in den Flur. Auf leisen Sohlen schlich er sich an Jane heran, die in der Küche mit dem Abendbrot beschäftigt war. Er hatte lang überlegt, ob er den nächsten Schritt in der Beziehung wagen sollte. In der Zwischenzeit hatten sie zwei Kinder bekommen, ein Mädchen und einen Jungen, doch geheiratet hatten sie noch nicht, weil Jane sich unbedingt kirchlich trauen lassen wollte, was mit Wühlers Überzeugung nicht in Einklang zu bringen war.

In den drei Tagen, in denen er fort gewesen war, hatte er sich als Liebesbeweis taufen lassen und hatte ihr einen Trauring gekauft. Damit wollte er ihr zeigen, wie sehr sie ihm am Herzen lag. Niemals würde er das zerstören, was er mit ihr so lange Zeit aufgebaut hat. Die Kinder waren für ihn neben Jane das Schönste auf der Welt.

Man kann jahrelang auf der Suche nach seinem persönlichen Glück sein, Tausende Kilometer fahren oder mit Hunderten von Frauen Kaffee trinken gehen, und trotzdem ist das wahre Glück einem häufig so nah, dass man es berühren könnte. Wem ist es denn noch nicht so ergangen? In einer Zeit, in der man das Leiden lieben lernt, ist es schön zu wissen, dass man auch gebraucht wird. Wühler war in seiner Vergangenheit schon oft an einen Punkt angekommen, an dem er aufgeben wollte. Jetzt wo Frau und Kinder ihn brauchen hat er eine Berechtigung für sein Dasein gefunden. Das Leben an sich hat keinen Sinn, doch ist es schön seine Ansprüche zurückzufahren und in den kleinen Dingen sein Glück zu finden. Wenn einem so viel Gutes widerfährt, dann ist das Leben schön. Man hört auf zu grübeln, man rennt keinem Ideal mehr hinterher, es kommt vielmehr zu einem, wenn man aufgehört hat danach zu streben. Die Familie ist gesund, alle sind zufrieden, der Traum ist in Erfüllung gegangen.

Friede, Freude, Eierkuchen …

Danksagung

Besonderer Dank geht an meine beste Freundin Jule, die mir zum großen Teil als Vorlage für meine Romanfigur diente, und ihren Freund Danny, der mich mit viel Verständnis spinnen lässt. Zudem möchte ich allen danken, die nicht den Glauben an mich verloren haben, als ich einen Sinn im Schreiben entdeckt habe, und meiner Mutter dafür, dass ich auf der Welt bin. Ganz zuletzt widme ich dieses Buch der Wahrheit, die nicht existiert.